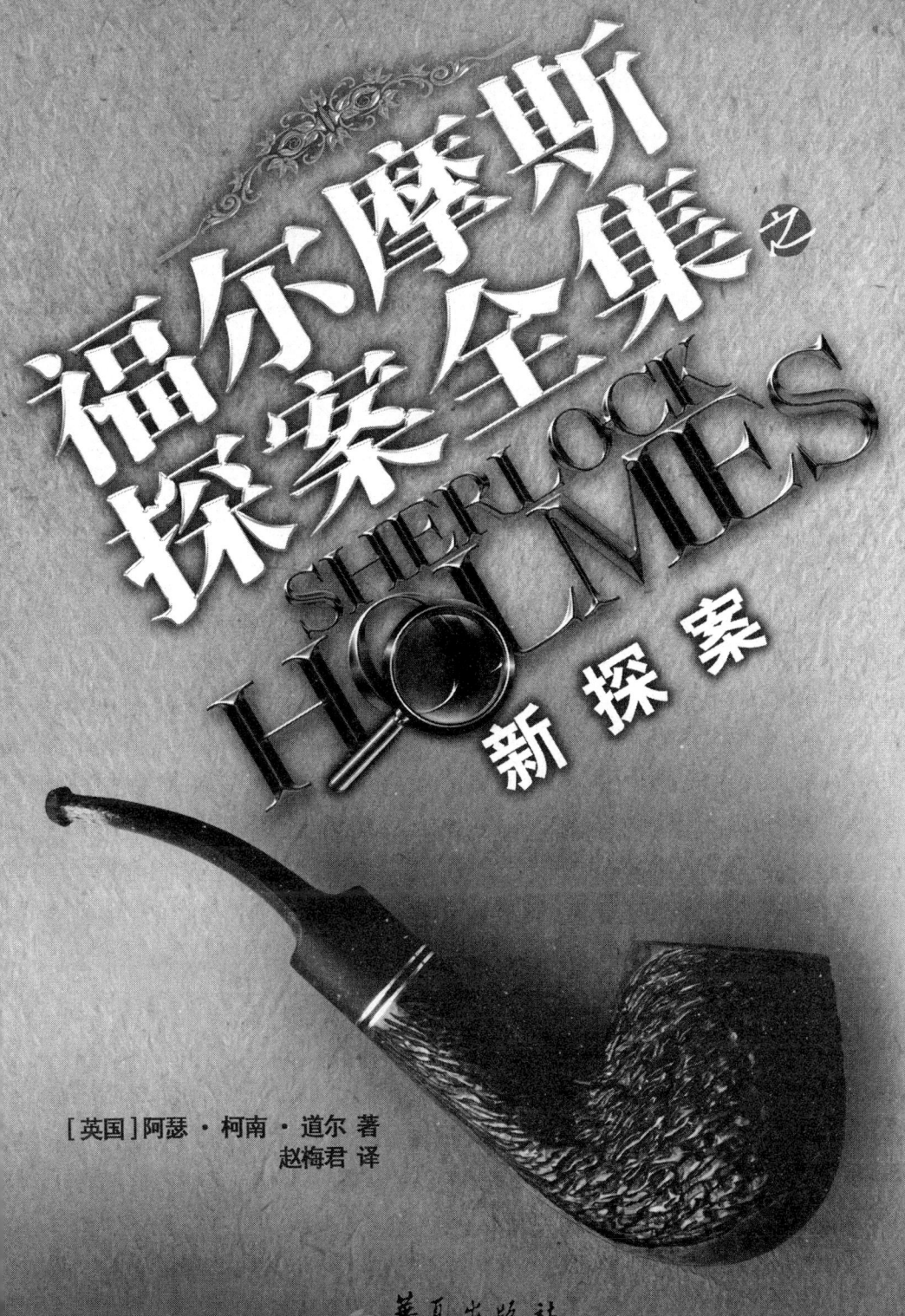

福尔摩斯探案全集之
SHERLOCK HOLMES
新探案

[英国] 阿瑟·柯南·道尔 著
赵梅君 译

华夏出版社
HUAXIA PUBLISHING HOUSE

图书在版编目（CIP）数据

新探案/（英）柯南道尔（Conan Doyle, A.）著；赵梅君译. —2版. —北京：华夏出版社，2012.9

（福尔摩斯探案全集）

ISBN 978-7-5080-7086-5

Ⅰ.①福…　Ⅱ.①柯…②赵…　Ⅲ.①侦探小说-小说集-英国-现代　Ⅳ.①I561.45

中国版本图书馆CIP数据核字（2012）第150527号

福尔摩斯探案全集之新探案

选题策划	刘景立　北京宏昊文化发展有限公司
责任编辑	赵　楠　刘晓冰　李春燕

出版发行	华夏出版社
经　　销	新华书店
印　　刷	北京睿特印刷厂大兴一分厂
装　　订	北京睿特印刷厂大兴一分厂
版　　次	2012年9月北京第2版　2012年9月北京第1次印刷
开　　本	670×970　1/16开
印　　张	13
字　　数	168千字
定　　价	20.00元

华夏出版社　网址：www.hxph.com.cn　　地址：北京市东直门外香河园北里4号　邮编：100028
若发现本版图书如有印装质量问题，请与我社营销中心联系调换。电话：(010) 64663331（转）

目 录

新探案

序言 ·· (3)
显贵的主顾 ·· (5)
皮肤变白的军人 ····································· (30)
王冠宝石案 ·· (47)
三角墙山庄奇闻 ····································· (61)
吸血鬼 ·· (79)
三个同姓人 ·· (94)
雷神桥之谜 ·· (108)
爬行人 ·· (130)
狮鬃毛 ·· (148)
带面纱的房客 ······································· (165)
肖斯科姆别墅 ······································· (175)
退休的颜料商 ······································· (190)

新探案
XINTANAN

新探案

序　言

　　时下摩登的男高音歌手往往在人老技衰以后还要频繁而恋恋不舍地举行告别演出，我不希望福尔摩斯先生也像他们一样。无论是真实的还是虚构的，该收场的时候福尔摩斯先生就必须退场。有人希望能够有一个专为虚构的人物设置的阴间，一个奇异的，妙不可言的，不可能存在的地方。在那里，菲尔丁的花花公子仍然可以向小姐们大献殷勤，斯科特的英雄们仍然可以飞扬跋扈，狄更斯的欢乐的伦敦佬仍然在戏谑调侃，萨克雷的市侩们则一如既往地为所欲为。或许就在这个神殿的偏僻一隅，福尔摩斯和华生可以暂时占据一席之地，而把他们从前活跃的舞台让给某一位更精明的侦探和某一位脑袋缺根弦的伙伴。福尔摩斯探案的故事已经流传许多年了，这也许有些夸大其词。如果有一些老先生告诉我，他们儿童时代便已看过福尔摩斯探案的故事，对此，我绝不会说出恭维的话。谁都不喜欢任由别人编排年龄。

　　大家应该还记得，福尔摩斯是在一八八七年和一八八九年之间出版的两本书——《血字的研究》和《四签名》里才初露锋芒的。此后一系列短篇故事又相继问世，第一篇是一八九一年发表在《海滨杂志》上的"波希米亚丑闻案"，这篇文章面世之后，似乎颇合读者口味，需求量不断增加。所以，自那以后，三十九年来断断续续所写的故事，迄今为止已达五十六

篇,编集为《冒险史》、《回忆录》、《归来记》和《最后的致意》。现将最近几年面世的十二篇故事结集为《新探案》。福尔摩斯的探案生涯贯穿了维多利亚王朝衰落时期的中叶,经由昙花一现的爱德华时期。即使在那个天翻地覆的动荡年代,他也不曾放弃自己喜爱的事业。所以,如果说昔日阅读这些离奇故事的青年今日又看到他们的子女在同一种杂志上阅读同一侦探的故事,这绝非无稽之谈和难以置信,于此不列颠公众的耐心与忠诚可见一斑了。

  写完《回忆录》我便决心结束福尔摩斯的生命,我不喜欢我的文学生涯只是一条平板的直线。这位面颊苍白、表情严峻、四肢慵懒的人,挤占了我大量的想象空间,所以我就想让他这样消失。好在不可能有验尸官去检验他的尸首,所以在事隔颇久之后,我还能满足读者的要求,对当初的草率行动进行弥补。重修旧业,我毫无愧悔之心,因为我发现写这些轻松故事并不妨碍我对历史、诗歌、历史小说、心理学以及戏剧等多种文学样式的研究,也没有发现我的才力在研究之中渐显不济。如果福尔摩斯从未存在过,我也未必能有更卓越的成就,只不过因他的存在大家可能不会注意我其他的严肃文学著作。

  因此,读者朋友们,还是与福尔摩斯先生告别吧!对诸君给予我的信任本人不胜感激,希冀我的微薄之礼可令诸位心满意足,因为小说的梦幻世界乃是世上最佳消愁解忧之地。

柯南·道尔谨启

新探案

显贵的主顾

"现在没事了。"歇洛克·福尔摩斯回答说。当我在十年间第十次请求公开下面这段故事时,他这样答复了我。终于,我得到了他的许可,把他生命中这段重要的经历公之于众。

我俩都喜爱洗土耳其浴。我总感觉他在蒸气弥漫的更衣室里,在舒服放松的氛围中,显得比在别处更近人情,也更爱聊天。在北安普敦街浴室的楼上,在一个清静的角落,并排放着两只躺椅,我的叙述便从这里开始,那是一九〇二年九月三日。我问他是否有什么奇特的案子,他突然从身上裹着的被单里伸出瘦而长的手臂,从挂在旁边的上衣口袋中拿出了一个信封。这就是他对我的问题的回答。"这也许是个无事生非、傲慢自大的人的恶作剧,但也许是个生死攸关的问题,"他边说边把纸条递给我,"我目前知道的很少,只有信上说的那么一点儿。"

信是昨天晚上从卡尔顿俱乐部发出的。上面写着:

詹姆斯·戴默雷爵士谨向歇洛克·福尔摩斯先生致意:因有要事相告,现定于明日下午四时半登门拜访,请务必不吝赐教。如蒙首肯,请打电话至卡尔顿俱乐部示知。

"华生,我已经同他约好了,"我把信还给福尔摩斯时他说,"你知道戴默雷这个人吗?""这个名字在社交界是众人皆知的。"

"那么,我再多告诉你一点儿。他一向因为能妥善处理那些不宜公

开的棘手问题而名声远扬。他是个圆滑的、极具外交本领的人，所以这次绝不会是虚张声势，是真的需要我们的帮助。""包括我吗？""当然，华生，如果你愿意的话。""愿意效劳。""好，别忘了时间是四点半。现在，我们暂且把问题搁置一旁。"

那时，我还住在安后街的寓所，但在约定的时间之前，我已经赶到贝克街了。四点半整，詹姆斯爵士准时赴约，他大概不须多加言语描述，许多人依旧清晰记得他那乐观大方的性格，宽阔而整洁的面颊，特别是他那快活圆润的声调。他的眼睛是灰色的，总是闪烁着坦诚与认真；那表情丰富的嘴唇微笑着，流露出机智和幽默。他的礼帽是崭新的，燕尾服是深黑的，黑缎领带上别着镶珠别针，锃亮的皮鞋上蒙着淡紫色鞋罩，这一切都显示出他那无人不知的讲究衣着的习惯。他那高贵典雅的贵族气质完全充满了这个小房间。

"在这儿见到华生医生在我意料之中，"他彬彬有礼地鞠了一个躬说道，"我们可能需要他的加入。因为我们这次碰到的对手是一个惯于诉诸暴力、毫无顾忌的人，可以说，他是全欧洲头号危险人物。""我以前的对手都有这样的雅号。"福尔摩斯微笑着说，"你吸烟吗？你不介意我吸烟斗吧。如果你说的这个人比已故的莫里亚蒂教授，或至今仍健在的塞巴斯蒂恩·莫兰上校还重要的话，那我倒真的要好好会一会他。他叫什么？"

"听说过格鲁纳这个人吗？""就是那个奥地利的凶杀犯吗？"戴默雷上校拍着戴着羔皮手套的双手，大笑起来，"你太厉害了，福尔摩斯先生，任何事都休想瞒过你。如此说来，你已认定他是凶杀犯啦？""关注世界上重大的犯罪行为是我的职责。读过布拉格事件报道的人中，有谁会怀疑他的滔天罪行呢？不过由于一条法律条款有漏洞和一位目击者不明不白地死去了，他才侥幸得以逃脱法网。史普卢根峡谷那个所谓

的'意外事故'一发生,我就确定他杀害了他的妻子,如同我亲眼目睹一样。我也知道他已到了美国,并且本能地预感到他一定不会让我安静的,迟早会让我忙碌起来。那么,格鲁纳男爵现在怎么样?发生了什么事?不会是昔日悲剧的重新上演吧?""不,这回情况更糟。惩罚罪犯虽说重要,但提前预防犯罪更不能轻视。福尔摩斯先生,眼睁睁地目睹一个可怕的事件和一种恐怖的情景,明知其结局悲惨而无力制止,这实在太残酷了。还有什么遭遇比这更令人痛苦的呢?""是啊。""你一定会同情这位可怜人的,对吗?我是受他委托前来与你交涉的。""你只是一个中间人,这事实出乎我的意料。他是谁?""福尔摩斯先生,关于这个问题,我请求你不要再追问了,我必须保证他不被牵扯到案子里去。其出发点毋庸置疑,是纯粹而高尚的,但他不愿暴露身份。你放心,酬金绝对没问题,而且你行动完全自由。我想,主顾的真实姓名不那么重要吧?"

"很遗憾,"福尔摩斯说,"我一向做那种案子的一方颇为神秘的调查,如果两方都不明晰,我就完全糊涂了,这实在是令人倍感不快的事情。詹姆斯爵士,看来我只能谢绝接受这个案子了。"客人慌了手脚,他那乐观、坦诚的面孔失望地变了颜色。

"福尔摩斯先生,你知道这样做的严重后果吗?"他说道,"你让我为难,我敢保证如果我和盘托出,你一定会为承接此案而感到骄傲。但这违背了我的诺言,至少,让我把能说的讲给你听好不好?""好吧,但首先我必须言明:我并没有答应你什么。""可以。你一定听说过德·梅尔维尔将军吧?""因开伯尔战役而出名的梅尔维尔吗?不错,我知道他。""他有个叫维奥莱特·德·梅尔维尔的女儿,年轻貌美,多才多艺,又是大宗财富的继承人。一句话,她方方面面都是少见的,百年难得一遇。我们所做的就是把这位天真可爱的姑娘从魔掌之中营救出来。"

新探案

"你是说,格鲁纳男爵大概把她控制住了?""是对女人屡试不爽的控制——爱的魔力。你也许知道这个恶棍,英俊无比,举止优雅,声调动听迷人,还具有女人所喜爱的那种浪漫而神秘的神态。听说女人都心甘情愿任他随意摆布,他也真是物尽其用。""但是像他这样的人,是如何与维奥莱特小姐这样有身份的女郎相识的呢?""这事发生在一次地中海上的旅行中。因为旅客都是自己负担费用的,所以对旅客虽有限制,但不是很严,而且举办者并不十分了解这位男爵的本质,但知道时已为时太晚。他对小姐纠缠不休,最终他的目的达到了,完全赢得了她的芳心。她对他一片痴情,只用一个爱字是不可以形容的,她的世界只有他一人。她绝不允许别人说他不好,我们已尝试一切制止她的疯狂,但都不奏效。实话告诉你吧,她下个月要跟他结婚。她已经到了法定年龄,而且主意已定,极为坚定,我们真不知道该怎样拦阻她才行。"

"她听说过那个奥地利事件吗?"

"这个奸诈的魔头早已把他过去的每一件社会丑闻都和盘托出了,但前提是他把自己描绘成一个可怜的受害者、无辜者,她完全听信了他的谎言,别人的话她根本不在意。""天哪!你注意到没有,你不经意间已经泄漏了你那神秘的主顾的名字啦。他一定是梅尔维尔将军啦?"客人听后马上坐立不安起来。"照你所说,我本来可以说他是,以此瞒过你,但这不是真的。梅尔维尔将军,这位昔日坚强的军人,已经被这件事搞得颓废消沉,一蹶不振了。这位曾经斗志昂扬、久经沙场的将军,突然间变成了一个衰弱、蹒跚的可怜老头儿,再也无力与那个英俊健壮的奥地利恶棍较量了。我的主顾另有他人,是一位和这位将军熟识多年的朋友,从将军女儿的童年时起就如同慈父般关怀着她。他不能眼睁睁地看着这个悲剧发生而无动于衷,要想方设法去阻止它。对这样的事,苏格兰场又无法插手。他亲自提议并特别强调,一定要由你来办案,但是,我前面已经说过,他一再强调千万不能说出他的姓名。我

知道，福尔摩斯先生，凭借你的智慧和力量，找出我的主顾是轻而易举之事，不过我请你保证，千万不要试图解开这个谜。"

福尔摩斯神秘地笑了一下。"我可以保证，"他说道，"我还可以告诉你，我对你的案子我非常有兴趣，我将马上着手进行侦破。但以后如何同你保持联络呢？""可以到卡尔顿俱乐部找我。如果出现了紧急情况，还可以拨打一个秘密的电话号码'××·31'。"

打开通讯录，记下电话号码，福尔摩斯依然微笑着，问道："还有，那个男爵现在住在……""金斯敦附近的弗尔诺府邸，一所大宅子。这家伙不知干了什么投机买卖，赚了大钱，这样他更具危险性。""他如今在家住吗？""在。""此外，你还能提供其他的有关他的情况吗？""他有一些奢侈的爱好。他养马，一度常在赫林汉打马球，后因他那个布拉格事件传开，他被迫离开。他这个人对艺术颇为爱好，不仅收藏名画和书籍，对中国的陶瓷也颇有研究，在这方面还出过书。""真够多才多艺的，厉害的罪犯都具有某种才能。"福尔摩斯说，"我的老相识查理·皮斯是一个小提琴演奏家，文莱特也是个出色的艺术家，还有许多这样的人。好吧，詹姆斯爵士，请你告诉你的主顾，说我会着手琢磨这个男爵的。目前我只能说这些。我自己还能得到一些情报，我相信我们总会使案情明朗化的。"

客人离去之后，福尔摩斯坐在那里久久沉思，好像已经忘记了我的存在。终于，他突然从沉思中醒了过来。"华生，你怎么看？"

"我认为你应该见一见这位小姐本人。""亲爱的华生，你想，如果她那可怜的心碎的老父亲都无法打动她，我这个陌生人又怎么行呢？当然，如果别无选择，这个建议还是值得一试的。或许我们可以从别的角度着手，我倒觉得欣韦尔·约翰逊可能会对我们有所帮助。"在我的福尔摩斯回忆录里，这还是第一次提及欣韦尔·约翰逊，因为我极少描写我朋友晚期的经历。约翰逊在本世纪初成为了福尔摩斯的得力助手。开

始,约翰逊臭名昭著,曾在巴克赫斯特监狱两度服刑。后来他迷途知返,投靠福尔摩斯,为他充当伦敦黑社会的耳目,他提供的情报往往能起关键作用。如果欣韦尔是为警方服务的话,那他早就暴露了。由于他帮助侦破的案子从来不直接搬上法庭,所以他的身份一直没有被黑道上的人物识破。他曾被两次判刑,名声很大,所以他可以自由出入伦敦任何一家夜总会、小客栈和赌场,再加上他观察细致,目光敏锐,思维灵活,无疑是一个搜集信息情报的最佳密探。现在福尔摩斯要找的就是他。

我不可能及时地得知我朋友在做什么,因为我也有自己的事情要做。不过有一天晚上我照他的嘱咐去辛普森餐馆和他碰头,在一张临街窗前的小桌旁,俯视着斯特兰大街上来来往往川流不息的人群,他向我介绍了最近发生的事情。"约翰逊正到处奔波忙碌,打探情报,因为只有在罪犯聚集的地方,我们才能探听到这个人的秘密。"

"但是这位倔强的小姐连既有事实都视而不见,即使你有新发现,她也不会认清真相的。""答案是未知的,华生。对男人而言,女人的心思是难以猜测的。杀人罪也可以解释,可以被谅解与宽容,但微不足道的小过失也可能击中要害。格鲁纳男爵告诉我……"

"他跟你讲话了?!""没错,他是和我说话了。华生,我早就做好一切安排了。我这个人向来喜欢和我的对手照面、周旋,看他究竟是个什么人物。告诉欣韦尔怎么做之后,我就坐上马车直奔金斯敦,看见了这位容光焕发的男爵。"

"他知道你的身份吗?""是的,因为我事先给他看了我的名片。他是个百里挑一的对手,而且面对我也镇静自若,谈吐温文尔雅,心平气和得就好像他是一位上流社会的顾问医生,而其内心潜藏的阴险狠毒却犹如眼镜蛇。很明显,他极有教养,是一个真正的犯罪高手,在掩人耳目的社交礼仪下面,隐匿着他那如地狱般的阴森实质。有人专门找我来

对付格鲁纳，这令我感到兴奋。"

"你是说他很随和健谈？""就像一只逮住了耗子的猫在得意地喵喵叫。某些人的和善健谈比鲁莽者的残暴更加令人恐怖，但他的嘘寒问暖是独一无二的。'福尔摩斯先生，我知道迟早会和你见面的。'他说，'你大概是被梅尔维尔将军请来说服我不要和他女儿结婚的，是不是？'"

我实话实说。

"'先生，'他说，'如此一来你的鼎鼎大名必将毁于一旦，你本是名副其实的，但此次你绝不会成功而返。你只会徒劳无功，甚至遭遇危险。我奉劝你明哲保身，及时撤退吧。''说得好，这恰好是我对你的忠告，'我说，'男爵先生，我很欣赏你的才智，今日见了您本人，这种欣赏也丝毫不减。坦率地说，把你过去的事情说出来对你是不利的。过去的就算了，你本来是一帆风顺，万事大吉的，但你若是坚持结亲，你就会招来一大群劲敌，他们决不会善罢甘休，一定会搞得你远离英国。这值得吗？放手是你最好的选择。你不光彩的过去若是被她得知，你对结局是不会感到愉快的。'这位男爵的鼻子底下有两小撮像虫子触角一样的黑胡须，他听我说话的时候，这触角戏谑似地颤动着，最后他轻轻地笑出声来了。'我的笑请你不要介意，福尔摩斯先生，'他说，'但是看你手里没牌却硬要赌钱，实在令人好笑。我知道没有人会玩得更好，结果都一样，都很可怜。老实说，福尔摩斯先生，你连一张硬牌也没有，只有小得可怜的牌。'

"'你认为如此？''我知道一切。明说吧，我的牌好得很，对你说了也无妨。我是如此幸运，得到这位小姐的全部爱情，我告诉过她我不幸的过去，我还告诉她可能有些人会别有用心地来挑拨离间——我希望你有自知之明，我早就教会她如何对付这种小人了。你大概知道催眠术暗示吧，福尔摩斯先生？你很快就会见识到这种暗示在她身上的作用，对于一个有性格的人根本不需要采取庸俗、无聊的手段，只用催眠术就

足够了。所以，她是有充分准备的。别担心，她肯定会见你的，她向来顺从父亲的意志，极听他的话。'你知道，华生，这时候再说什么都是多余的了，所以我只好尽可能保持尊严告辞了。但是，我刚走到门边，他又叫住了我。'顺便问一下，福尔摩斯先生，'他说，'你听说过一个法国侦探勒布伦吗？''听说过这个人。''知道他出了什么事吗？''听说他在蒙马特区被流氓打伤，终身残废。''不错。在那件事发生一周之前他也曾侦查过我的案子，你说这是不是巧合？这实在是件倒霉的差事，你最好不要插手此事，何必像某些人那样自寻烦恼，自讨苦吃呢？我对你的最后忠告是：别管我的事儿，咱们互不干涉。再见！'

"你看，情况就是这样，现在你对事态一定有了新的了解吧？""他真是一个危险分子。""他的话休想吓退我，不过他这种人倒是为非作歹、言出必行的典型人物，必须小心提防。""你能退出吗？他娶不娶这个女孩儿很重要吗？""我看，他谋杀前妻和他娶这个女孩儿之间一定有重大关联，这两件事或许都有不可告人的目的。再说，他是个不平凡的对手，想起来便令人兴奋。好了，不说了，喝完咖啡，你最好跟我回家，欣韦尔在家等着向我汇报情况呢。"

欣韦尔果然是身材魁梧、长相粗鲁，红红的面庞，仿佛患上了坏血病，只有那双有生气的黑眼睛透露出他内心的奸诈狡猾。看来他好像刚刚去了另一个世界，还带回一个人，是个苗条、性急的年轻女子。她虽年轻，脸色却苍白、憔悴，那是颓废和忧愁所致，过去残酷的岁月在她脸上留下赫然残痕。

"这是吉蒂·温德小姐，"欣韦尔把胖手一摆，介绍道，"她无所不知——好，还是让她自己来说吧。接到你的条子不久，我就把她给找到了。""找我很容易，"那个年轻女子说，"我就生活在伦敦的地狱。胖欣韦尔也住那儿。我们是老伙伴了，是不是，胖子？可是，该死的！有个人早就应该下十九层地狱了，如果这世界还有半点公道的话！他就是

你现在的对手,福尔摩斯先生。"福尔摩斯微微一笑。"你是在同情我们喽,温德小姐。"

"如果我能使他得到那种下场,我一切都听你的。"这位女客人恶狠狠地说道。一种极端强烈的仇恨,在她那苍白急切的面孔上和火一样的眼睛里闪现,那是女人特有的刻骨仇恨。"福尔摩斯先生,你不须打听我的过去,那毫无关系。但我现在这样完全是格鲁纳一手造成的,我做梦都想毁灭他!"她两手发疯般地挥舞着,"天哪,要是我能把他拉进地狱该多好!他不知把多少人推了进去!"

"你知道目前的情况吧?""胖子已经对我说了。这个恶魔又为自己找到了一个新的猎物,还要跟她结婚。你要做的事是阻止这桩婚事。你是了解这个恶棍的,一定不能让哪个有良好声誉的清白小姐跟他纠缠在一起。"

"但是她鬼迷心窍,她发疯般地爱上了他。她完全知道他所做的,但她根本不在乎。""也知道那个谋杀事件吗?""知道。""天哪,她胆子可不小!"

"她把这些都看做诋毁诬陷。""这个傻姑娘!你该让她看看证据。""你能助我们一臂之力吗?""我就是活证据!要是我能见到她,我会告诉她那个恶棍是怎样对待我的……"

"你愿意吗?"

"当然!"

"这是个好主意,可以试一下。不过问题是他已经就自己的罪过向她忏悔过了,她也宽恕了他,看来她是不愿再旧话重提了。""我敢打赌,他一定有所保留,没有都说出来。"温德小姐说,"除了那件世人皆知的谋杀案之外,他还做过另外一两件谋杀案,对此,我只听说过一点儿。他先是以他惯用的温柔和顺的口吻谈及某人,然后直视着我的眼睛说:'不到一个月他就死了。'这都是有根据的,但是,我根本不放

新探案

在心上——我当时也陷入他的爱情陷阱了。可怜的将军之女就像当年的我一样傻。但是有一件事我印象极深。当初,如果他不是凭借他的甜言蜜语尽力地安慰我,我当天晚上就会离开他。他有一个带锁的黄皮日记本,外面有他的金质家徽,我猜他当时一定是喝醉酒糊涂了,否则他绝不可能把那重要的日记本给我看。"

"那是什么?""你可能不知道,福尔摩斯先生,这家伙专门收集女人,而且为之骄傲,就像有人收集蝴蝶标本一样。他把搞到手的女人的所有事都收在那个日记本里,什么相片啦、姓名啦,诸如此类,极其详细。这本日记记录着他的许多下流至极的兽性行为,即使一个来自贫民窟的人,也做不出如此卑鄙龌龊之事。'我所伤害的灵魂',只要他愿意,他完全可以在本子上写上这样的话。不过说这些已没用了,因为这本子你也得不到。"

"它在哪儿?""它现在在哪儿我可不知道,我只知道它当时放的地方,毕竟我和他分开已经一年多了。他狡诈精明得就像一只猫。也许它现在仍然放在书房旧柜橱的一个格子里。你知道他住在哪儿吗?""我已经到过他的书房了。"

"是吗?我听说你是今天早晨才着手这项工作的,那么你的速度可真够快的。我看这回格鲁纳是棋逢对手了。摆着中国瓷器的那间房是外书房,里面有一个大玻璃柜子,立在两个窗户之间。在他的书案后面有一个门直达内书房,那里放着文件一类的东西。"

"他不担心失窃吗?""他胆子可不小,连最痛恨他的敌人都这样说他。他的自卫能力极强,家里有防盗警铃。再说,根本没什么值得偷的,除非是那些没用的瓷器。""不错,"欣韦尔像一个专家似地说道,"没有哪个收买赃物的人会要这种既不能融化又不能出卖的东西。"

"确实如此。"福尔摩斯说,"好吧,温德小姐,要是你明天下午五点钟能来一趟,可能会如愿和这位小姐见面。我对你的合作非常感激,

我那慷慨的主顾自然会考虑你的……""用不着，福尔摩斯先生，"这个年轻女子大声说道，"我这样做不是为钱。只要让我目睹这个恶棍掉到狗屎堆里，就是我最好的报酬。只要你决定对付他，我任何时间都可以来。胖子知道在哪里能找到我。"我和福尔摩斯再次见面是第二天晚上在斯特兰大街的餐馆里吃饭时。我询问会见进行得如何，他耸了耸肩膀。然后他把会见的前前后后向我讲述了一遍，我记录了下来。他说得生硬无趣，也不细致，略加修饰润色才能显现事情本貌。

"安排会见的事倒是比较顺利，"福尔摩斯说，"因为这位小姐在婚嫁大事上违反了父命，心里很不安，于是，想方设法在次要事情上加以弥补，以示她对父亲的顺从。将军打来电话说一切准备就绪，性情火爆的温德小姐也按时来到了，于是下午五点半我们一起乘坐一辆马车来到了老将军的住所——贝克莱广场104号。那是一座灰色的、比教堂更加庄重的、令人望而生畏的伦敦古堡。仆人把我们领进一间宽敞的、挂着黄色窗帘的会客室，小姐已经等在那儿了。她严肃，苍白，坚定，就像一座雪人，冷得令人不敢与之对视。

"华生，她的模样实在是难以形容，也许不久你可以见到她，那时你就可以充分发掘你的词汇表达力了。她具有一种别样的美，那是一个热切向往天国的疯狂信徒所特有的仙女之美。我实在无法想象出一个禽兽般的恶棍是怎么把他的魔爪伸到这样一个天仙似的美人身上的。你也许早就发现相异的两个极端易相互吸引的现象了，就如精神对肉体的吸引，恶魔对天使的吸引。没有比目前这件事的情况更糟糕透顶的了。对我们的来意她早已心知肚明——那个流氓早就给她上过课了。她有点吃惊于温德小姐的到来，但仍是摆手示意我们坐下，就像尊敬的女修道院长在接见两个可怜的乞丐。华生，如果你的脑袋想要充实一下，可得拜维奥莱特·德·梅尔维尔小姐为老师。

"'先生，'她以一种冰冷的声音说，'你的大名我早有耳闻。我想，

新探案

你此次前来，目的无非是离间我和我的未婚夫格鲁纳男爵。我之所以见您，完全是为了不使父亲伤心。但我要告诉你，你们绝不会说服我的。'

"华生，我很为她难过。当时我深切感觉到了作为她父亲的悲哀。我不善言辞，我所运用的只是大脑，不是感情。但我仍说了一些发自内心、美妙动听的话，我向她耐心讲述了一个女人婚后才发现男人的真相，这种境地是多么恐怖，她将迫不得已接受血腥双手的拥抱。我对她毫不隐瞒——将来她将受到的耻辱、恐惧、痛苦、无望等等都说了。但是我说的这一切丝毫没有打动她，使她那象牙般的脸颊上出现一丝血色。她的目光呆呆的，没有一点情感。我忽然记起了那个恶棍关于催眠术的话，她的样子不禁让我联想到她是生活在远离这尘世的狂热的梦中。但是她的回答是果断的。'福尔摩斯先生，我对你很耐心，'她说，'但给我的感受与我想象的完全一样。我知道我的未婚夫阿德尔伯特一生遭遇坎坷，遭受某些强烈的仇恨和不公的诬陷。有许多人曾来这里诽谤他，你是最后一名诽谤者。也许你是出于一片好心，但我听说你是受别人雇用的侦探，那么受男爵雇用和与他作对，对你而言是相同的。无论如何，我希望你这次便会明白：我们真诚相爱，世界上没有什么东西可以改变我们的感情。也可能他的高尚情操有点瑕疵，那我就是上帝特意派来帮助他恢复真正的绅士品质的人。不过，'讲到这里她瞅着我的同伴，'我不知道这位小姐是谁。'我刚要回答，这个女孩子却抢先像旋风般地开了口。看到她们的样子，你就知道冰与火对峙的样子了。

"'我来告诉你我是谁，'她猛然从椅子上站起来，嘴都气歪了，'我是他最后一个情妇。我是那上百个被他引诱、利用、糟踏、抛弃的人之一，而你很快就会亲身体验了。你这个人的最终结局可能是坟墓，那还算是最好的。告诉你，蠢女人，如果你真要嫁给他，他保证会使你坠入深渊，甚至他会让你心碎和丧生，他带给你的只有这两种结局。不

要以为我是出于对你的嫉妒才这样说的，我根本不在意你如何。我完全是出于对他的仇恨，为了报复他。但无论如何，你嫁给他的结果也逃不了这个下场。你不用这么狠狠地瞧着我，我尊贵的小姐，婚后不用三天半你就会变得不如我。'‘我想已没有继续谈下去的必要了，’德·梅尔维尔小姐冷冷地说，‘我最后要说的是，我知道我未婚夫一生中曾有三次被诡诈奸险的女人纠缠不休，我相信他即使做过什么错事也早已迷途知返，重新开始了。'‘三次！’我的同伴尖声嚷道，‘你这个笨蛋！超级大蠢货！'‘福尔摩斯先生，’她依旧冰冷地说，‘我请求你们离开。我是遵从父命来会见你的，但我不是来听疯子狂吼乱叫的。'

"温德小姐忽然抑制不住，边骂边猛然蹿上前去，若不是我抢上前抓住她的手腕，她早已揪住那位让人大动肝火的女子的头发了。我把她拉到门口，还好，比较容易地就把她拉上了马车。这实在是不幸中的大幸。说实在的，华生，虽然我看似冷静，实则心里也憋了一肚子气，因为在这个我们费尽周折、全力拯救的女人身上，在她的极端自信和冷静里，实在有一种极其令人不悦的东西。事情的经过就是这样，现在你完全明白了吧。看来我必须另谋出路了，因为第一招已经归于失败。我会和你继续保持联系的，华生，说不定还会打扰你的。不过也许下一步是他们主动出击而非我们。"

事实正如他所预料的那样，他们的打击来了——确切地说应该是他的打击，因为我自始至终不相信那位小姐也参与了此事。我至今仍清晰地记得那天我是站在便道的一块方砖上，在那儿我看到一个广告牌，当时一种恐怖感在心中油然而生，蔓延全身。那个地方是在大旅馆与查林十字街车站之间，当时一个一条腿的售报人正在那里卖晚报。日期为上次会谈两天后。黄底黑字的大标题触目惊心：

新探案

福尔摩斯遭暗算

我呆若木鸡,一动不动地在那里站了一会儿。然后我慌乱地抓起一张报纸,没付钱就要走,被卖报的数落了几句。最后我停在一家药店门口仔细地读了那一段恐怖的文字:

> 现获悉著名私人侦探福尔摩斯先生今天上午受到恶性攻击,情况危急。目前尚未获得详细报道,据传攻击发生于十二时左右的里金大街罗亚尔咖啡馆门外。两名持棍者攻击了福尔摩斯先生,他的头部及身体被击中,医生认为伤势十分严重。他当即被送进查林十字街医院,随后因他本人坚持,被送回了他在贝克街的住宅。据目击者说,袭击者穿着讲究,行事后穿过人群向葛拉斯豪斯街方向逃窜。估计凶手是被福尔摩斯侦查而遭破获的犯罪集团。

你可以想象,我只是匆忙粗略地看完就慌忙跳上一辆马车直奔贝克街。我在门厅遇见了著名外科医生莱斯利·奥克肖特爵士,他的马车停在门外。"没有生命危险,"他回答说,"我已经给他缝了几针,打了吗啡,他现在需要安静休息,但是说几分钟话不会碍事的。"

我悄悄走进阴暗的卧室。病人根本没睡,我听到他在用微弱的沙哑的声音招呼我。窗帘大部分都拉下了,但是有一线太阳光斜射进来照在他裹着绷带的头上,纱布被一片殷红的血浸透了。我坐在他身边,垂着脑袋不语。"没关系的,华生,别担心,"他的声音极其微弱,"事实并不像你看到的那么糟糕。""上天保佑!但愿如此!""你是知道的,我是击棍术专家。我本来可以对付那家伙,第二个家伙上来之后我才无力招架的。""我怎样才能帮助你,福尔摩斯?毫无疑问是那个坏家伙唆使他们干的。只要你说一句话,我马上就去剥他的皮!"

新探案

"好华生,我的老朋友!咱们可不能那样蛮干,他们只能由警察去抓。但是他们早就把一切都掩饰好了,这一点确定无疑。瞧着吧,我也有我的计谋。首先要尽情夸大我的伤势。他们会到你那儿打探消息的,你要尽力夸大其辞,就说能活一周就算不错啦,严重脑震荡或昏迷不醒等等,随你怎么说都行!说得越严重越好。"

"但是莱斯利·奥克肖特爵士怎么办?""这好说。我能想出办法,让他看到我最糟糕的情形。""还有其他事情需要做吗?""是的。赶紧告诉欣韦尔·约翰逊,叫那个女孩子暂时避避风头,那些家伙一定不会放过她。他们当然知道她在这个案子里是至关重要的,是我不可缺少的力量。既然他们敢动我,也绝不会放过她。这件事非常紧急,耽误不得,今晚就要办。"

"我马上就去,还有别的事吗?""把我的烟斗放在桌上——别忘了把烟叶放在旁边。好!你以后每天上午上这儿来,咱们要商讨作战计划。"当天晚上我便和约翰逊做好妥善安排,把温德小姐送往安全偏僻的郊区暂避风声。

接下来的六天,公众都以为福尔摩斯离死神不远了。他的病情被说得十分严重,报纸上刊载了一些令人感伤的报道。但是我每天都去探望,所以我知道情况并非如此糟糕。他那健壮的身体和坚韧的意志正在创造奇迹。他的身体康复得很快,有时我想他实际的恢复速度比我看到的还要快许多。他一向喜欢保密,时常营造戏剧性的效果,但也时常搞得知己朋友也迫不得已必须猜测他究竟在打什么算盘。他始终坚信一条:安全无虞的策划者是那些独自策划的人。与别人相比,我是最接近他的,但我与他之间还是有距离。

到受伤的第七天,伤口已经拆线,但报纸上却报道他得了丹毒。在同一天的晚报上有一条消息是我必须去通知他的,不管他是否得了丹毒。这条消息报道说,阿德尔伯特·格鲁纳男爵将乘坐本周五由利物浦出发

的丘纳德轮船前往美国去处理重要财产事宜,归来再与维奥莱特·德·梅尔维尔小姐这位将军的独生女举行婚礼等等。在我念这段消息的时候,福尔摩斯的脸变得冷然而苍白,我知道,这条消息刺痛了他。"星期五?!"他大声说道,"只有三天了。这恶棍想借此躲避危险,他别想跑!现在,华生,请你替我办点事。"

"我来就是为了这个目的,福尔摩斯。""那好,我给你二十四小时的时间,请你全心钻研中国瓷器。"

他再无他话,我也没问什么。长期的相处使我学会了服从。在我走出他的房间走上贝克街时,我的大脑开始思考,我到底该怎样去执行这样一道奇异的命令。后来我就坐马车跑到圣詹姆斯广场的伦敦图书馆,让我的朋友洛马克斯副管理员帮助我找到一本大厚书,然后回到我的住所。据说有的律师精心准备各种信息,可以在周一向证人发问,而没到周六就把他当初费尽心力得来的知识忘得一干二净。虽然我不敢自称已经是陶瓷学权威了,但是从那天晚上一直到第二天上午,除了短暂的休息,我的确是在勤学强记大批的名词儿。我记住了著名陶瓷艺人的印章,神秘的甲子纪年法,洪武和永乐年号的标志,一些名人的书法,还有宋元初期的鼎盛历史等等。第二天晚上我来看福尔摩斯时,我的脑海里全是这些知识。他已经可以下地走动了,而从报纸的报道中你绝对不可能想象这样的情形。他用手托着那裹满了绷带的脑袋,身子深深埋进他惯坐的安乐椅里。

"嗨,福尔摩斯,"我说,"如果听信报纸上说的话,你此时此刻正咽气呢。"他说道:"这正是我所要造成的假象。你的学习成果如何?""我已经尽了全力。""非常好。你大概能就陶瓷与行家谈话了?""应该没问题的。""那么请你把壁炉架上的那个小匣子递给我。"他打开匣盖,拿出一个用精美的东方丝绸包裹着的小物品。他打开包裹,露出一个深蓝色的极为精致的小茶碟。

新探案

"这可得小心翼翼地拿。这是个货真价实的中国明朝雕花瓷器,即使在克里斯蒂市场上也找不到一件比这更好的瓷器了,一整套更是罕见,价值连城——实际上除北京皇宫之外别处是否还有这样一整套还很难说。真正的收藏家见到它没有不为之动心的。"

"它有什么用处吗?"福尔摩斯递给我一张名片,上面印着:希尔·巴顿医生,半月街369号。"这是你今天晚上的身份,华生。你去拜访格鲁纳男爵。我掌握了一点儿他的生活习惯和作息时间,晚上八点大概是有空的。你可以提前写一封信给他,说你要来拜访,并对他说你将给他带来一个惊喜,一件稀有的珍贵异常的明朝瓷器。你还是说自己是医生吧,这个角色你可以真实地扮演。你说你是个收藏家,偶然得到这套宝贝。你曾听说男爵对此颇有研究,而且你也乐意高价出售这批瓷器。""价钱怎么办?""问得好,华生。如果你不明白你的货物的价值,那真是大大失败了。这个碟子是詹姆斯爵士拿给我的,是他的主顾收藏的宝贝。说它是举世无双独一无二的,也不过分。"

"我可以提议由专家来估价。""高明!华生,你今天好像特别有灵感。可以提出几个专家,你自己说价钱可不好。"

"要是他不肯见我呢?""不,他会见你的,他的收藏激情已到了狂热的程度,尤其是对瓷器。在这方面他是一个公认的权威,绝对在行。你坐下,华生,我来口述信的内容,只要说明你要去拜访就可以了,不用要求回信。"这封信写得十分得体,简短,有礼貌,而且能引起任何一个收藏者的好奇心。信写完后立刻派人送去了。当天晚上,我手持珍贵茶碟,怀揣巴顿医生的名片,开始了我的冒险演出。格鲁纳的住宅庭园的华贵富丽,确能表现出他相当富有,正如詹姆斯爵士所言。甬道是曲折的,两旁栽种的灌木十分珍贵,花园有雕像装饰。这座宅子原是一个南非金矿大王在其鼎盛时期修建的,那带角楼的长方形的矮房子,在建筑艺术上虽说像噩梦一般阴沉,但其规模和坚固却不容小看。一个仪

表超凡脱俗、可以享有主教之席的男管家把我带到大厅,然后由一个身穿华丽长毛绒外衣的男仆把我带到男爵面前。

他当时正站在一个敞着的大柜橱前面,大柜橱的两侧是两扇窗子,柜橱里面摆着他的一些中国陶瓷。我进屋后,他转过身来,手里拿着一个棕色花瓶。"请坐,医生,"他说,"我正在查看我自己的珍藏品,不知是否还出得起大价钱来买你的珍品。你看,这个小花瓶是唐朝的,七世纪的古物,你也许会感兴趣。我相信它的手工是最精致的,瓷釉也是最完美的。你的那个明朝碟子带来了吗?"我小心翼翼地打开包裹,递给他。他在书桌前坐下来,把灯拉近,开始细心鉴赏那个小碟,因为天色已渐渐黑了,黄色的灯光照在他的脸上,我可以从容细致地端详他的相貌。

他不愧是一个英俊男人,在欧洲享有美男子的盛名也绝非虚传。他不过中等身材,但体态优雅,风度翩翩。他的脸色黝黑,很像东方人,一双大眼睛又黑又亮,带有朦胧的倦意,颇具诱惑力。他的头发乌黑有光泽,胡须短小而呈尖形,修饰整洁。他五官端正,让人赏心悦目,只有平薄的嘴唇有些特别。如果我说我曾看过杀人犯的嘴,说的就是像他脸上那样的一道怵目惊心、狠毒的缺口。他口角紧绷,散发浓浓寒意,令人生畏。他把胡须向上留起而露出嘴角,这实在是不明智之举,因为这显然可以成为未经人力雕琢的危险提示符,让人有所警觉。他的声音极富磁性,举止潇洒。看他的年龄不过三十出头,而事后得知他已经四十二岁。"真不错——非常好!"他终于开口说话了,"你说你有完全一样的一整套。奇怪,我竟然不知道有这样的奇珍异品。我知道在英国只有一个能与之相配,但它绝不会流落在外。如果你不介意,巴顿医生,请问你是从哪儿得来的呢?""那又有什么关系呢?"我尽我所能,以一种最无所谓的口气说道,"反正你能鉴别出它的真伪,而价钱方面,我听专家的。"

新探案

"这太奇怪了,"他的大眼睛里流露出怀疑的信息,"做贵重物品的交易我当然要知道它所有的细节。它确实是真品,这一点我非常自信。不过我必须考虑一些可能发生的不利情况,要是事后证明你无权卖掉它可怎么办呢?""我保证绝对不会发生这事。""这自然又牵扯出另一个问题,就是你的保证靠什么做后盾。""我的信用银行可以对此负责。"

"那是自然。但这笔买卖还是让我感觉很奇怪,不太放心。""买不买悉听尊便。"我装作无所谓地说,"我先想到你,是因为我听说你是个大名鼎鼎的鉴赏家,但在别处我的交易也不会太困难的。""你怎么知道我是鉴赏家?""我知道你写过一本这方面的书。"

"你读过吗?""没有。""这就怪了,你让我愈加糊涂了。你自称是一个鉴赏家和珍品收藏家,但你却不愿意去查阅一下唯一能为你提供帮助的著作,你做何解释呢?""我很忙,我是开业医生。"

"答非所问。一个人要是真有某种爱好,他总会找时间去研究的,即使他有什么别的业务。你在信里还说你是鉴赏家呢。""我本来就是。""我能不能提几个问题考考你?我对你说实话,如果你真是医生的话那情况就很可疑了。我问你,你知道圣武天皇以及他和奈良附近的正仓院有什么关系吗?怎么,你不知道吗?那么请你讲一讲北魏在陶瓷史上的地位。"我装作勃然大怒地跳了起来。

"先生,你太过分了,"我说,"我来这里是看得起你,可不想被当作小孩儿让你考着玩。我的陶瓷知识也许不如你,但我绝不能受你侮辱。"他狠狠地瞪着我,他的目光突然锐利起来,刚才的风度已了无踪迹,凶残的嘴唇之间露出牙齿。"你怎么回事?你是奸细,你是福尔摩斯派来的探子,你在愚弄我!听说这家伙就快死了,所以他就派奸细来探底。你竟敢私闯民宅!好哇!你进来容易出去难!"

他猛然从椅子上跳起来,我退了一步准备冲出去,因为他已怒不可遏。也许他一开始就对我产生了怀疑,也许我在回答问题时出现了纰

漏,总之骗不倒他是显而易见的了。他把手伸到一个小抽屉里胡乱地摸着。正在这时,一定是有什么动静传到他的耳朵里,他站在那里不动,侧耳倾听着。

"好哇!"他忽然喊道,"好哇!"他突然蹿进身后那间小屋。我快步来到门口,那情景是我今生所无法忘却的。通往花园的大窗敞开着,福尔摩斯像鬼影一般立在窗前,他的头上裹着血迹斑斑的绷带,脸色煞白得吓人。转眼间他便消失了,我只听见了他碰到树叶的哗哗声。格鲁纳大叫一声也冲到窗口。在那一瞬间,我看得再清楚不过了,一只女人的手臂突然从树丛中伸出来,随手一扬。与此同时,只听男爵发出一声可怕的悲惨叫声,这一声喊叫将永存我心。他双手紧紧捂住脸满屋乱跑,头在墙壁上砰砰直撞,接着他倒在地毯上来回翻滚,同时,一声声痛苦至极的尖叫不断地在屋内发出回音。

"水!天哪,快拿水来啊!"他叫着。我从茶几上拿起一个水瓶朝他跑去。这时男管家和几个男仆也赶来了。当我单腿跪下把受伤者的脸轻轻转过来时,有一个仆人吓得昏了过去。很显然,是硫酸闯了祸,整张脸已经完全被腐蚀,硫酸正从耳朵和下巴上往下滴着。他的一只眼已经蒙上白翳,另一只也红肿起来。世事难料啊,几分钟以前我还在称赞不已的五官,而今已经变成一片模糊,极其恐怖,无法形容,就如同一幅美妙的油画被画家用布胡涂乱抹一样。

我简要地解释了一下先前的突发事件。有几个仆人爬上窗口,冲到草地上去,但是夜幕已降临,又下起雨来。格鲁纳一边嚎叫一边高声痛骂着那个洒硫酸的复仇者。"女魔鬼温德!"他大叫着,"这个魔鬼,她跑不了!等着吧!我的天哪,疼死我了!"我用油敷了他的脸,包扎后又给他打了一针吗啡,以减少他的痛苦。此时,他对我的怀疑全都没了,他紧紧拉我的手,仿佛我可以把他那死鱼般的眼睛恢复过来似的。要不是我想起他那咎由自取、罪有应得的一生,我也许会同情于他

新探案

的美貌被毁。当时我看到他那双手便感到恶心。后来他的家庭医生和会诊专家到了，这时我终于松了一口气。另外，一个警察巡官也来了，我把一张表明真实身份的名片给了他。不这样做极其愚蠢，一点好处也没有，因为苏格兰场熟悉我的面貌就像熟悉福尔摩斯一样。后来我离开了这座阴森可怕的住宅，不到一小时就回到了贝克街。福尔摩斯正坐在安乐椅中，面容惨淡、疲惫不堪，不仅是因为他的伤情，今晚发生的事使钢铁般的他也被震惊了。他毛骨悚然地听我叙述男爵的伤情。

"这是他应得的下场，华生，是他应得的下场！"他说道。"这是必然的。天知道，这个人是罪恶滔天。"他又说。随后他从桌上拿起一个黄皮的本子，"这就是那个女人说的本子。要是这个本子都不能取消这场婚事的话，那世界上也没什么能打动她了。但是这个本子是可以达到目的的，一定能达到。任何一个有自尊心的女人都无法容忍这样的事。"

"这是他的恋爱日记吗？""你应该说是他的淫乱日记，你愿意怎么叫就怎么叫吧。那个女人第一次提到这本日记的时候，我已经知道只要我们能拿到它，就是掌握了最有威力的武器。当时我没有说什么，害怕这个女人走露风声，但我一直在计划弄到它。他们打伤我以后，我明白了，男爵认为没有防备我的必要了。这对我极其有利。本来我打算多等几天，但他的访美计划迫使我加速行动。他不可能把这样重要的东西放在家里而不带走，所以我们必须立即行动。夜间去偷是不可能的，他防范很严密。但是如果能用什么东西转移他的注意力，事情就好办多了。这里你和那蓝色茶碟就发挥了作用，但我必须搞清楚这个本子到底放在什么地方。我的时间有限，只有几分钟可利用，因为我的时间由你速成的陶瓷知识所决定。因此，到了最后关键时刻我还是把这个女孩子找来了。我根本不知道她偷偷地藏在怀里的小包儿竟然是硫酸，我还以为她只是为协助我前来的，没料到她还留了一手。"

"他已猜出我是来卧底的了。""我最担心的就是这个。不过，还好，你缠住他，吸引他的注意力的时间已足够让我拿到日记。如果我能安全逃走，那时间还需再长些。詹姆斯爵士，欢迎，欢迎！"这位彬彬有礼、温文尔雅的客人已经应邀而至了。他方才一直在那里全神贯注地静静地倾听福尔摩斯叙述事情的前后经过。

"你实在是太了不起了，创造了一个真正伟大的奇迹！"他听完之后激动地说道，"如果他的伤势真的如华生医生所言极其严重，我们不用日记也胜券在握，可以使那位小姐打消结婚的念头了。"福尔摩斯摇了摇头。"我们不能以常理去推测德·梅尔维尔这类女人的行事方式。她只会把他当做一个毁了容的殉道者而加倍爱他。是的，我们真正要摧毁的对象绝不是他的外表，而恰恰是他的道德面具。这世上唯一能冷却她盲目的热情的东西，就是他亲笔写的日记，无论如何她也会相信的。"

詹姆斯爵士带走了日记和蓝色茶碟。我还有些事要办，就同他一起告辞。他跳上一辆显然是等候已久的马车，对戴帽徽的车夫匆忙地说了一句话，车就快速驶去了。他把大衣的半边挂在窗口以遮掩车厢上的家徽，但我早已借着射来的灯光看清了。我大吃一惊，即刻转身跑上楼找到福尔摩斯。"我知道咱们的主顾是谁了，"我兴奋地汇报我的新发现，"你知道吗，他就是……"

"是一个忠诚的朋友和高贵的绅士，"福尔摩斯抬手示意我住口，"不必多说了。"这本暴露罪恶的至关重要的日记是怎么被用来阻止婚事的，我并不清楚。或许是由詹姆斯爵士办理的，但由小姐的可怜父亲出面办理这件棘手之事是最好不过了，总之，结局非常令人满意。三天之后，晨报上登出阿德尔伯特·格鲁纳男爵与维奥莱特·德·梅尔维尔小姐已经取消婚礼的消息。同一家报纸也刊载了刑事法庭对吉蒂·温德小姐的开庭审理，她受到的指控是投洒硫酸蓄意伤人。但是在审讯过程

新探案

中出现了许多人们可以理解的情况,她最后只被判了此类犯罪的最轻惩罚。歇洛克·福尔摩斯本来也会受到盗窃指控的威胁,但是预期目的已经达到,并且主顾又是声名显赫的,所以一向以铁面无私著称于世的英国法庭也变得灵活而富有人情味儿了,他最终也没被传讯。

福尔摩斯探案全集

皮肤变白的军人

我亲爱的朋友华生的某些念头虽然为数不多，但往往执拗得超乎我的想象。许多年来，他一直劝我自己动手写一部分办案记录，这也可能是我自食恶果，因为我总是寻找时机指出他的记述是多么浅薄，指责他忽视事实和数据的重要性，而只是一味地去迎合世人的口味。"你自己试试看！"他这样反驳。而轮到我自己提笔写作时，我必须坦诚地承认一个事实，即内容必须以一种调动读者阅读积极性和兴致的方式来加以传达。下面记录的这件案子应该会轻而易举地吸引读者，因为它是我手里一件最离奇的案子，并且，华生凑巧没有将它收录进他的集子。谈及我的老朋友和传记作者华生，我要在此说明，我之所以在我不值一谈的侦查工作中不厌其烦地增添一个同伴，这绝不是意气用事和奇思异想，而是因为华生的确具有与众不同的特点，出于他自身的谦逊及对我工作的过多谬赞，他忽略了自己的不同凡响之处。一个与你的结论不谋而合，总能正确预见事情的发展的合作人是具有危险性的，但如果每一步发展都使他惊诧不已而未来总使他迷惘和不知所措，那他倒不失为一个理想的伙伴。在我的记忆中，那是在一九〇三年一月，即布尔战争刚刚结束之际，詹姆斯·M. 多德先生来找我。他是一个魁梧高大、精力充沛、皮肤黝黑的英国人。当时，忠诚的华生由于结婚而不在身边，据我所知这是在我们交往的过程中他唯一的一次自私行为，所以当时只有我一人。

我一向习惯背窗而坐，请来访者坐在我对面，让光线完全对着他们。詹姆斯·M. 多德先生似乎不知道如何开口。我也不想引导他，因为他的缄默可以给我更多的时间去充分细致地观察他。我一向喜欢让主

顾感到我的分析能力是很强的,因此我这样开了口:"先生,您是从南非回来的。"

"对哇。"他惊讶地回答道。

"是义勇骑兵部队吧!"

"正是。"

"应该是米德尔塞克斯军团。"

"一点不错。福尔摩斯先生,你怎么知道的?"

我对他的惊讶一笑了之。

"如果走进我屋里来的是一位健壮的绅士,肤色晒得黑黑的,而又不像是英国气候造成的,手帕不是放在衣袋里而是放在袖口里,那就能轻松判断出他从哪儿来的。你留着短须,说明你不是正规军。你的体态是骑手的样子,你的名片上说你是思罗格莫顿街的股票商,你当然应该属于米德尔塞克斯,难道还能是别的军团吗?"

"你真是明察秋毫。"

"你我所看到的东西是一样的,只是我锻炼出来了,对所见到的现象更加注意而已。显然,你无心和我讨论观察的艺术。我想知道在图克斯伯里旧庄园那儿出了什么事?"

"福尔摩斯先生,你……"

"别大惊小怪的,先生。你信上的邮戳告诉了我这一点,并且你是如此急迫地约我见面,显然是那里发生了什么大事儿。""是的,确实如此。不过信是下午写的,那以后又发生了许多事情。如果埃姆斯沃斯上校没把我给踢出来……"

"什么,踢出来?!""唉,差不多。这个埃姆斯沃斯上校是个硬心肠的军官。他当年是个最厉害的军纪官,而且说话也很粗鲁无礼。如果不是因为戈弗雷,我根本无法忍受他的无礼。"我靠在椅背上,衔起了烟斗。"你能否进一步说明你的真正用意?"我的主顾自我嘲讽地笑了。

"我不须言明你就知道答案了,"他说道,"我还是把真实情况和盘托出,我真希望你能告诉我结论到底是什么。我整整一夜没睡好,一心想着这件事,却越想越糊涂。

"我是一九〇一年一月参的军——整整两年以前——戈弗雷·埃姆斯沃斯也是我们中队的一员。他是埃姆斯沃斯上校的独生子,上校因在克里米亚战争中表现出色而获得维多利亚勋章,儿子身上流淌着将士后裔的血液,他在军团里是出类拔萃的,无人可与之匹敌。我们成了真正的好朋友,那种友谊是真正的同甘共苦。这在军队中是非常难得的。在一年的艰苦战斗生涯中我们生死与共。后来我们在比勒陀利亚界外的戴蒙德山谷附近进行了一次战斗,他中了大号猎枪的子弹。我收到他从开普敦医院发出的一封信和从南安普敦寄出的一封信,再后来就杳无音信了。福尔摩斯先生,六个多月没有一封信,而他是我最为要好的朋友。

"战后,我们大家都回到了祖国,我给他父亲写了一封信询问戈弗雷在什么地方,没有回信。过了一阵子,我又心急如焚地写了一封信。这回收到了回信,短短几句话,干巴巴的,说是戈弗雷航海周游世界去了,一年之内是回不来啦。你看,就这么几句话。福尔摩斯先生,这样我根本无法放心。这件事很奇怪,我的朋友很讲交情,不可能如此轻易地把我忘记。这不符合他的性格。我偶然听说他将来会继承一大笔数目可观的遗产,他和他父亲向来相处得也不是很愉快。老头有时有点不讲理,倚老压人,而戈弗雷的脾气也很火爆。那封回信使我不能相信,我一定要查得一清二楚。谁料凑巧我自己的事儿由于两年离家也必须处理处理,所以直到前不久我才开始查访戈弗雷。于是,我就把别的事全放在一边儿,先把这件事办完再说。"对詹姆斯·M. 多德先生那种人,你最好与之交友而不做敌人。他的蓝眼睛直盯着人,方形下巴绷得很紧。

"那么,你怎么办了?"我问他。

新探案

"第一步,我亲自去图克斯伯里旧庄园看看情况,所以我先给他母亲写了一封信,因为他父亲实在让人无法忍受。我还要了点儿小聪明:我说戈弗雷是我的好朋友,我可以告诉她许多我们共同生活的趣事儿;我偶然路过了附近,可否顺便拜访一下?还有许多类似的客套话。我收到一封相当热情的回信,说可以留我过夜。于是我星期一就去了。图克斯伯里旧庄园地处偏僻,无论在什么车站下车都要再走五英里。车站竟然没马车,我只好走着去,手里还拿着手提箱,所以傍晚才赶到那里。那是一座曲折的大宅子,位于一个相当大的园子中。我看这宅子集中了各个时代的各种建筑风格,从伊丽莎白时期的半木结构的地基到维多利亚时期的廊子,一应俱全,无所不有。屋里的嵌板、壁毯和褪色的古画表现出这是一座十分阴森神秘的古屋。有一个老管家叫拉尔夫,年龄大概和屋子一样古老。还有他老婆,更古老。她原先是戈弗雷的奶妈,戈弗雷对我说起过她对他的感情仅次于亲生母亲,所以尽管她模样古怪,我对她还是颇有好感。我也喜欢他母亲——是一个极其温柔的妇女。只有上校令我看着不舒服。

"一见面我们就吵了一架。我想马上回车站,后来感觉这样好像对他有利,我就没有走。我被直接领到他书房。他坐在乱七八糟的书桌后面,身材高大,驼背,脸黑,胡子乱糟糟的,突出的鹰钩鼻子,浓密的眉毛底下两只灰色的眼睛凶狠地瞪着我。一看他我就明白了戈弗雷为什么很少提及他爸爸。

"'先生,'他用一种刺耳的声音说,'我很想知道你此次来访的真正意图。'我告诉他在写给他妻子的信中早已写得再明白不过了。'不错,不错,你说你在非洲认识戈弗雷。这只是你的一面之词,你有什么证据?''我这里有他写给我的信。''拿出来我看看。'他看了一遍我递给他的两封信,随手又扔给了我。'就算你认识他,那又如何?''先生,我和你儿子戈弗雷是生死与共的患难之交,我们的许多共同经历把

我们紧密地联系在一起，但他突然间与我中断联系，我怎能不感到担心呢？我想打听他的近况不也是合乎情理的吗？''先生，如果没有记错的话，我已经给您回了信，告知他的情况。他航海周游世界去了。他从非洲辗转回来，身体状况极为不妙，他母亲和我都想让他安心静养，彻底放松，换个环境对他是非常有益的。麻烦你把这个情况转告给一切关心这事儿的朋友们。'

"'你放心，我一定按照你的话去办，'我说，'不过麻烦你把轮船和航线的名称告诉我，还有启航的日期，也许我可以设法给他寄一封信去。'我的这个请求似乎使主人很为难，他看起来非常不高兴。他浓密的双眉无力地耷拉在他的双眼上面，他烦躁地用手指敲着桌子。然后他终于抬起头来，那神气颇像一个棋手发现对手走了威力很大的一步棋而他突然发现了对付的方法一样。

"'多德先生，'他说，'你的顽固执拗是很不礼貌的，并且已经到了无事生非的地步。''我真诚恳求你的谅解，这完全是出于一片友情。''当然，我能理解。不过希望你不要再追问下去，家家都有自己的秘密，不足为外人道，无论其出发点是什么。我妻子非常想听听你讲戈弗雷过去的事，但我请求你不管是现在还是将来都不要管。你的打听有什么用呢？只会使我们更加为难。'福尔摩斯先生，你看，我就这样受了挫，一点办法都没有。我表面附和着他，心里却暗自发誓，不搞清我朋友的下落我决不罢手。那天晚上十分沉闷。我们主客三个人在阴暗的餐室里默默无语地进餐。女主人倒是热切地问我她儿子的事儿，但老头子一副不悦的样子。这情形使我很不高兴，于是在礼貌的前提下我尽早回到了自己的客房。那是一间空旷的屋子，和住宅内别的房间一样。在南非草原住了一年之后谁还会讲究什么居住条件呢！我拉开窗帘，发现夜空是如此清朗，明月当空。后来我在熊熊的炉火旁边坐下，身旁桌上有一盏台灯，我打算读几页小说来轻松一下。可是我被老管家拉尔夫

新探案

打断了，他拿来一些备用煤。'先生，我想你晚上可能需要加煤。天挺冷，这间屋子又不暖和。'他没马上走，在屋内稍作停留，我转身看他时，他正看着我，好像有话要说。'打扰了，先生，你在桌上谈论戈弗雷少爷的事儿我也听到了。我妻子当过他的奶妈，所以我也可以说是他的养父，当然很关心他。你是说他表现得很优秀吗，先生？'

"'他是我们军团里最勇敢的人之一。有一次就是他把我从布尔人的枪林弹雨中救了出来，否则你也看不见今天的我了。'老管家高兴地搓着他那双瘦削的手。'是呀，先生，正是那样，戈弗雷少爷就是那样。他打小就很勇敢，他爬过庄园的每一棵树，他什么也不怕。他曾是一个好孩子，没错，他当年是一个棒小伙子。'我听后吃惊地跳起来。'嗨！'我大声说，'你说什么，他曾经是棒小伙子，照你这说，他现在好像已不在人世了。戈弗雷到底怎么啦？'

"我激动得难以控制，紧紧抓住老头儿的肩膀，他不敢直视我。'先生，我不明白你在说什么。有些事你还是去问主人吧，他知道。我不能管那些事。'他刚要走，我拽住了他的手臂。'告诉你，'我说，'你必须回答我一个问题，否则我就拉着你一夜不放。戈弗雷真的死了吗？'他像是被人施了催眠术，身体一僵，目光呆滞。他的回答是一个字一个字从牙缝里挤出来的，极不情愿，那是一个可怕的、令人置疑的答案。'他还不如死了呢！'他喊道，说着用力挣脱了我跑出屋去了。

"福尔摩斯先生，我回到我原来的椅子上，心情之恶劣，你是可以想象的。我是这样理解的，我的朋友一定是牵扯到什么犯罪事件，或者至少也是不光彩的事儿中，对家庭声誉影响很坏。严厉的父亲为此把儿子送走，避免家丑外扬。戈弗雷一直是个不计后果的鲁莽汉，易受他人影响。显然他是误入匪帮，并犯了罪，事情果真如此，岂不令人惋惜？即使如此我也有义务找到他，想方设法帮助他。我正在急切地思索着，猛地一抬头，没想到正是我渴望见到的戈弗雷赫然站在我面前。"他讲

到这里停了下来,一副若有所思的样子。

"继续讲下去吧。"我说,"你的案子真的很独特。""福尔摩斯先生,他当时是站立在窗外,脸贴在玻璃上。我曾提及过我透过窗户欣赏夜景,因而窗帘一直是半开着的。他的身影就在帘子打开的地方。那是一扇落地大窗,借此我可以完整地看见他的全身,使我惊诧的是他那张脸,面容惨淡,我从未见过他如此苍白。我猜鬼魂也不过如此吧。在我俩眼神相视之时,我看见那双眼睛充满了生命的光泽。他发觉我看到了他,就转身跑了,消失在黑夜中。

"这个人有一种十分令人害怕的东西,并非是那惨淡的面孔,而是一种莫名的东西——一种遮遮掩掩的、有罪恶感的东西——这种东西根本不是我熟知的坦率痛快的小伙子所具有的。我感到害怕。

"但是我当过两年兵,整日和布尔人打交道,我的胆子是吓不破的,遇见突然事件也会随机应变。戈弗雷刚一躲开,我就跳到窗前。窗子的开关不好使,我费了点儿时间才打开。随后我就跳了出来,沿着花园小路向他逃走的方向追去。这条小路又长又暗,但是我感觉得到前面有东西在跑。我冲上前去,喊他的名字,但他没反应。我跑到小径的尽头,那里有好几条岔路通向不同的小屋。我正在犹豫,突然我清楚地听见一声关门的声音。这声音不是从我背后的屋子发出的,而是从前方黑暗处传来的。福尔摩斯先生,这足以证明戈弗雷确实跑掉了,我刚才的所见绝非幻影,门一定是他关上的。我确信无疑。

"我不知所措,那一夜我过得很不安,心里一直在想着这个问题,想找到合理的解释。第二天我觉得老上校的态度好像好了许多。女主人说附近有几个好玩的地方,我就趁机请求我可否再留一夜。老头子不言语,算是默认了,这样我又有一天可以利用。我已经十分肯定戈弗雷就藏在附近什么地方,但具体的地点和原因我还不清楚。这座楼房真是太大了,又极隐秘,就算在里面藏个军团也不会有人发现。如果人是藏在

新探案

楼里,我要找到他真是难上加难。但是我听见的门响是在花园里,我只能在园子里寻找他。这倒不难,因为那几个老人各忙各的,这样我就有机可乘,可以去实施我的计划了。

"园子里有几个小屋,但是在园子深处有座颇具规模的建筑——很宽敞,大概是给园丁或护林人居住的。关门声是从那里发出的吗?我假装四处闲逛、毫无目的的样子朝它走去。正在这时,一个身穿黑衣、头戴圆礼帽的男子从那屋里走了出来。他身材矮小,留着胡子,干净利索,全身上下没有丝毫像园丁的样子。奇怪的是他出来后马上锁上门,把钥匙放在口袋里。他转过身后才发现了我,脸上顿时显现出吃惊的神情。'你是本宅的客人吗?'他问我。我告诉了他,并且说明我是戈弗雷的朋友。'如果他没出去旅行,他会百分之百乐意和我见面的。'我又说了一句。'是啊,是啊。'他心虚地说,'你换个时间再来吧。'他说着就走开了。但当我突然回头,却见他正躲在园子那头的一棵树后面打量着我。我一路走过去,细致观察这座小房子,由于窗子遮挡得十分严密,看起来就像空房子。如果我明目张胆地去窥视,可能会得不偿失,甚至被赶出去,因为我知道我在别人的监视之中。所以我就回到楼内,等着大好时机,晚上继续侦查。到天色大黑,万籁俱寂之后,我就从窗口偷偷地溜了出去,悄悄地走向那神秘的住所。

"屋子依旧被严密地遮挡着,而且还关着百叶窗。还好,有些灯光从一扇窗户里透了出来,因此我正好可以在帘子露出的一条缝的那儿往里瞧。我看见了屋里的情景,里面明亮整洁,壁火熊熊。我早上碰见的矮个男子面朝窗户坐着,他正吸着烟斗看报。"

"什么报纸?"我打断他。

我的主顾对此似乎不大高兴。

"这无关紧要吧?"他反问道。

"关系重大。"

"我还真没注意。"

"那么你能看出那报纸是大张的还是小本的吗?"

"对了,经你提醒,我想起那不是大张的。可能是《观察家》一类的杂志。不过说实话,我当时已经顾不上观察这些了,因为屋里还有一个人背对窗子坐着,我确定他就是戈弗雷。虽然我看不见他的正脸,但我熟悉他的肩膀。他坐在那儿用手支着头,仿佛十分忧郁,身子朝着壁火。我刚要动弹,突然我的肩头被人重重地拍了一下,我一回头,发现上校站在我旁边。'跟我来,先生!'他低声对我说。一路上,他不说一句话。我紧随其后,最后到了我的住处。他在门厅里拿起一张火车时刻表。'八点半有一班火车开往伦敦,'他说,'马车八点整会在大门外恭候你。'他的脸当时气得都白了。我则为自己的处境感到难堪,只能含糊其辞地道了歉,尽量表明我的一片好意。'你不用再说了,'他斩钉截铁地说道,'你侵犯了我们家庭的合法权利。我们本来把你当成客人,你倒成了暗探。先生,我只想说一句:'我以后再也不想看见你。'我一听就气坏了,说了些不客气的话。'我看见你儿子了,我认为你是为了自己的私利而不让他见人,我不明白你的动机,但可以肯定的是他已失去行动自由。告诉你,除非我确定我朋友的安全和健康受到保证,否则我会继续下去,直至水落石出。你的恐吓我根本不怕。'

"这个老家伙突然变得像凶神恶煞,我想这回他可能会动手。他是一个瘦削的、狂暴的高大老头子,虽说我也不弱,但我很难对付他。他只是愤怒地盯着我,然后便转身离去了。我便在早上乘火车离开了。我当时心里琢磨应该马上前来征求你的看法并请求帮助,这就是我写信与你约见的前因后果。"

问题全都在这儿了。聪明的读者可能明白,案子并不复杂,稍加选择便可以解决一切疑问。但是尽管简单,这个案子却有着令人难以琢磨的地方,所以我才冒昧地把它原原本本地记录下来。之后,我以我惯用

的逻辑分析方法，通过提问尽可能缩小范围。

"仆人有多少？"我问。

"依我看，就老管家夫妻俩。他们的生活看上去非常简朴。"

"就是说花园小屋没仆人了？"

"是的，除非你认为那个矮男人是仆人，但他的身份非同寻常。"

"这或许是个线索，你看见有人送吃的吗？""啊，我想起来了，老拉尔夫曾提着篮子向花园走去。当时我可没猜出那可能是吃的。""你向别的什么人打听消息了吗？""是的。我主动和火车站站长、村内一家旅馆的主人说话，问他们是否了解戈弗雷的情况。他俩的回答倒是很一致，说他到家后不久便外出乘船周游世界去了。显然大家都相信这种说法。"

"你没向他们提及你的疑问吗？""一点儿没提。""做得很好。我会着手调查此事的，过几天我们一同去图克斯伯里旧庄园。""不在今天？"凑巧的是当时我正要结束一桩案子，就是我朋友华生讲过的修道院公学案；我还接受了土耳其苏丹委托的一个案子，如果耽误时机将会产生极严重的政治后果。所以，直到第二周（据我日记的记载）我才由詹姆斯·M. 多德先生陪同去了贝德福郡。在我们乘车路过伊斯顿区的时候，我同一位事先约好的绅士会合，他神情严肃，肤色黝黑，少言寡语。

"这是我的老朋友，"我向多德介绍说，"请他前往或许毫无作用，或许起决定性作用。这一点暂且搁置一旁，让我们拭目以待吧！"很多读过华生记录的探案故事的读者，也许已经熟悉我的做法，就是在侦查案子的过程中我很少说话，保留想法。多德似乎有点儿糊涂，但也没开口询问，我们三个人就继续赶路了。在火车上我又问了多德几个问题，并故意让我们的那个同伴儿也听见。

"你说你朋友印在窗户上的脸你看得很清楚，所以你断定那是他本

人,对吗?""这一点我非常肯定。他的鼻子贴在玻璃上,灯光照在他的脸上。""可不可能是另一个长得像他的人呢?""不可能,一定是他。""但是你又说他的模样有些变化?""模样没多大变化,倒是脸色变了,变成那种鱼肚白色。""整张脸都白了吗?""不是。他的前额在我看来最清晰,最白。""你喊了他的名字吗?""我既惊喜又感到害怕,所以没有叫他,后来,我就跟着他跑,结果你已经知道了,没追上。"

　　案情大部分已经水落石出了,只要再了解一个小情况便会一目了然了。我们经过一番周折终于到了多德所说的那座诡异而散乱的庄园,是老管家拉尔夫开的门。我已经把马车全天包了下来,让我的老朋友一直坐在车上等,直到我让他下车。拉尔夫是一个身材矮小、脸上多皱纹的老头儿,穿着传统的黑上衣和灰点裤子,奇怪的是,他戴着黄皮手套,但看见我们后就把手套脱下来放在门厅的桌子上。我有极为奇特、敏锐的感官,华生也这么说。当时屋里有一种微弱的带有刺激性的气味弥漫着。乘转身之际,我把帽子放在桌上,又故意不小心把它弄到地上,然后弯下腰去拾帽子,这样,我的鼻子离手套很近,不到一英尺。果然不出我所料,一股柏油的怪味从手套上散发出来。侦察完毕,我走进书房。唉,我自己写记录就这么直白生硬,笔法的确不高超,难以引人入胜,不像华生懂得隐去某些关键性的细节。上校本来不在书房里,但是得知消息马上就来了。他那匆忙沉重的脚步声从楼道清晰地传入我的耳朵。他猛一推门就冲了进来,须眉皆立,的确是一个不常见的凶恶老头儿。他手里拿着我们的名片,恼怒地撕着,然后甩手扔在地上,气极败坏地用脚踩。

　　"你到底想怎么样?你这个瞎操心的蠢蛋,你还敢来?!我绝不许你再来,要是你再不经我允许上这儿来,我就要借助于暴力了,我要枪毙了你!我绝不含糊!你嘛,先生,"他转向我说,"警告是同样的。你的职业是可耻的,你可以到别处大显身手,这里不需要你。""我决不

走,"我的主顾意志坚定地说,"除非我亲耳听见戈弗雷说他很自由。"

心情不爽的主人按了一下铃。"拉尔夫,"他命令道,"快去给警察局打电话报警,叫他们派两名警察过来。抓贼。"

"等一等,"我连忙说,"多德先生,你明白,埃姆斯沃斯上校有这种权利,我们的确没有权利进入他的住宅。另外,他也应该知道你所做的一切完全是出于对他儿子的关心和爱护。请原谅我的唐突,我要和埃姆斯沃斯上校谈五分钟,我有信心改变他对事情的看法。""我不会被轻易说服,"老上校说,"拉尔夫,快去办。你在磨蹭什么?快打电话!""不行,"我说着把门挡住,"警察一出面干涉,事情就更棘手了,结局就不会是你千方百计所隐瞒得了的了。"我掏出笔记本撕下一页,匆匆写了两个字,把纸递给上校说:"我们来就是因为这个。"他看着纸条,脸上的表情显得非常吃惊。

"你怎么知道的?"他心虚地说道,一屁股沉重地坐在椅子上。"我本来就是干这行的,这是我的份内之事。"他坐在那里沉思不语,瘦削的手摸着蓬乱的胡须,最后,他妥协了。

"好吧,既然你们非要见戈弗雷,那就见吧。出了事我不负责,我也是迫不得已。拉尔夫,去告诉戈弗雷先生和肯特先生,我们五分钟就到。"五分钟之后,我们经过花园小径来到那个神秘的小屋前面。一位蓄着胡须的矮个男子站在门口,脸上流露出异常不解的神情。

"简直是突如其来,上校,"他说道,"完全打乱了咱们的计划。""我别无他法,肯特先生,他们逼迫我这样做。戈弗雷先生在吗?""是的,他在。"说着他转身领我们走进这间宽敞明亮而有很少家具的屋子。一个人背朝壁炉站在那里。一看到那个人,我的主顾立刻跑过去伸出手来。"嗨!戈弗雷,见到你我真是太高兴了!"而对方却挥手示意他后退。

"千万别碰我,吉米。离我远点儿。你一定会很惊讶吧?!我已不是

从前的我了,是吗?"他的面容的确有些不对劲。可以看出他原先是一个五官端正、皮肤黝黑的英俊男子,而仔细观察后,竟然发现有些不知是什么东西的白斑掺杂在黝黑皮肤之间,从而使他的脸变白了。

"我想你已经意识到我不见访客的缘故了吧?"他说道,"你倒没什么,我知道你的本意是善良的,但你的同伴……这样对我非常不好。""我别无他意,只想知道你没事儿,戈弗雷。那晚你从窗户向我屋里看的时候我看见了你,我放心不下,下定决心要搞得一清二楚。""我忍不住想要看看你,又不想被你看见,所以一听见你开窗子,我只好匆忙跑回小屋。""这究竟是怎么回事?怎么会这样?""事情说来也很简单,"他说着点燃一支香烟,"你还记得那天在布弗斯普鲁的战斗吗,就在比勒陀利亚外边的铁路西线上的那一次?我受伤了。"

"我听说了,但不知具体情形。""我们三个人和本部失去了联系。有秃头辛普森,有安德森,再有就是我。地势高低起伏,极不平坦,我们正在追击布尔人,但是最后陷入他们的埋伏。他们两人被打死了,我肩上中了像猎枪发出的子弹。但是我竭尽全力不掉下马,马狂奔了几里路我才昏过去从马上掉下来。醒来后,发现天色已晚,我勉强站起来,感觉异常虚弱。我惊喜地发现不远处有一座房子,很大,游廊是南非式的,还有许多窗户。天气很冷,冷得让人无法忍受,跟平常的霜冻根本不同。总之,我感觉骨头都被冻硬了,一心想着怎样才能走到那座房子。我拼死拼活站立起来,拖着几乎已经没有知觉的似灌了铅的双腿。我只模糊地记得爬上台阶,走进一个敞开的门,进入一间大屋子。屋里摆着几张床,我倒在一张床上,满意地哼了一声,什么都不顾了,拉住床上已摊开的被子就往我颤抖的身上盖,很快我就睡熟了。

"当我醒来时,已是次日清晨,我不但没有回到健康人的世界,反而仿佛进入梦魇中的幻界。明亮的阳光从敞开的窗子射进来,使这间白色、宽大、空敞的房间显得格外明亮。一个侏儒似的小人站在我床前,

新探案

他脑袋很大,说着快得听不清的荷兰话,同时还挥动着一双海绵般的、变了形的、非常可怕的手。他身后站着一群人,他们的举止表明他们对这情形很感兴趣,但我一看到他们却不寒而栗,魂飞魄散:他们中没有一个正常人,每一个人不是七扭八歪就是臃肿变形。这些丑八怪的笑声比什么都刺耳,但他们好像全都不会讲英语,我必须搞清楚到底是怎么回事,因为那个大脑袋似乎越说气越大,后来竟然怪叫着用他那丑陋的手揪住我就往下拽,殷红的血液顺着我的伤口流淌。这个小怪物力气很大,如果不是有一个年长的看来像是负责人的听见这屋的吵闹声过来查看,我真不敢想象他会把我折腾成什么样!他用荷兰话责问了大脑袋,大脑袋这才放了我。然后他转过头,睁大眼睛惊讶地望着我。

"'你是如何来这儿的?'他惊讶不已地问道,'我知道你很累了,千万别动,我是医生,我马上找人替你包扎伤口。不过,小伙子,你知道吗,这里比战场还危险。这里是麻风病院,你竟然在麻风病人的床上睡了一夜!'吉米,我还能对你说什么呢?原来,由于战火临近,这些病人在头天都转移走了。第二天,由于英军开来,他们又在这位医务总监的带领下重新回到医院。他说,尽管他自以为有免疫力,他也绝不敢像我那样在麻风病人的床上睡一夜。后来他把我安置在一间单独病房内,精心地护理了我大约一个星期,然后我就被送往比勒陀利亚总医院。

"我是多么不幸!我曾心存侥幸心理,但是回到家里后,我脸上就出现了这些可怕的症状,我最终还是不能逃脱感染的命运。这可如何是好?我该怎么办?好在我家偏僻安静,有两个绝对可靠的仆人,这样很安全。肯特先生是一位外科医生,他愿意陪我同住,绝不会泄漏秘密的,这样的安排简单易行。而另一种选择想起来便不寒而栗,那就是在麻风病院和陌生的人住在一起,终身隔离,永不释放。目前必须绝对保密,否则即使是在这个穷乡僻壤也会引起轩然大波,我被扭送到麻风病

院也不过是迟早的事！吉米，现在你明白了，即使是你也不能告诉。直到现在我也搞不清父亲今天为何竟然让步了。"

上校用手指了指我。"是他逼我让步的。"说着他打开了我写给他的纸条，上面写着"麻风"两个字。"既然他都知道了，告诉他实情是最安全的。""不错，"我说道，"这样做是有好处的。如此说只有肯特先生一个人诊视过病人。冒昧地问一句，您是治这种病的专门医生吗？据我所知，这是一种热带病或亚热带病。"

"我具有合格医生的常识。"他板起面孔有点不悦地说。"先生，对于你的能力我深信不疑，但我想，听听别人的诊断毕竟也是有百益而无一害的。我想，你不愿意会诊只是担心会暴露病人吧？""说得不错。"上校说。"我已考虑到这一点了，"我解释说，"你们完全可以信任他，他绝不会泄密。我以前曾帮过他的忙，所以他情愿作为一个朋友而不是作为专家说说他的看法。他是詹姆斯·桑德斯爵士。"

听到他的名字，肯特先生脸上马上流露出惊喜之情，简直就像一名新提升的下级军官要被首相接见似的。"我为此而骄傲。"他低声地说道。"那我现在就去请詹姆斯爵士。他正在门外的马车上等着呢。至于我们，上校，可以到你书房去，容我解释解释。"

现在看来，我的华生是多么重要啊！他善于运用种种提问和感叹词来美化我的侦查艺术，把我那种本来只是系统性常识的侦察术给描绘成奇迹。我自己叙述的话，就不会有人来喝彩了。我实话实说，如同那天在上校书房里我面对着包括戈弗雷的母亲在内的几个听众所说的那样。我说道："我运用了排除法。首先要把一切不可能的结论都排除，那其余的，不管多么离奇，难以置信，也必然是无可辩驳的事实。或许剩下的是几种解释，如果这样，那就要一一地加以证实，直到最后只剩下一种具有充分根据证明的解释。现在我们就上述方法来分析一下现在这个案子。最初，我面临着三种可能的原因来解释这位先生在他父亲庄园的

新探案

小屋里被隔离或禁锢起来的事,他可能是因为犯罪而逃避,或者是由于精神失常而不愿住疯人院,最后是因为有某种疾病而需要隔离。除此之外我想不出别的解释。那么就需要把这几个结论加以比较和筛选。

"犯罪之说首先排除。本地区并没有尚未破案的犯罪报告,这我很清楚。如果说他实施的犯罪尚未暴露,那从家族利益角度来看应该是把他弄走或是送出国,而不应该藏在家里。因此,这条思路不通。

"精神失常的可能性最大。小屋里的第二个人也许是看守,尤其是他走出来以后把门反锁上了,这更强化了这种假设,说明可能是强行禁闭。但另一方面,又不是极其严厉的禁闭,否则这个青年就不会跑出来看他的朋友了。多德先生,你记得我曾要找出证据,比如问你肯特先生读的是什么报纸。如果是《手术刀》或《英国医学杂志》,那对我的思考是有帮助的。但是,还有一点,只要有医生陪同,并经当局批准,把疯人留在家里是合法的。那还有什么必要拼命保密呢?因此精神失常的设想也排除在外。

"只剩下一种可能,虽然看似难以置信。麻风在南非极其常见。由于不寻常的遭遇,他可能被感染上了这种可怕的疾病。如此一来,他家人的处境就相当为难了,他们根本不愿把他送进麻风病隔离院。为了绝对安全,不受当局干涉,必须严守秘密。如果报酬适当,找到一位忠实的医生来照顾病人是很容易的。病人在晚上当然也可以出来,四处走动。肤色变白是这种病的常见症状。当我刚到这里时,发现给病人送饭的拉尔夫戴着沾满消毒水的手套,这样我最后的疑虑也消除了,完全明白了。先生,我就写了一个词,暗示你秘密已被发现了,我之所以写出来而不是说出来,是为了向你证明我的小心谨慎,你可以信任我。"

我刚说完我的分析时,门开了,那位严谨的著名皮肤病学家进来了。但是他那狮身人面般庄严冷酷的脸今天难得一见地突然温和了,眼中流露出充满人情味儿的融融暖意。他径直向上校走过去同他握了手。

"我常常给人带来坏消息，"他说，"但今天的消息可不是那么糟糕。不是麻风。""什么？""是典型的类麻风，也就是常说的鱼鳞癣，一种鳞状的皮肤疾病，非常顽固，破坏仪表，但有治愈的希望，不传染。不错，福尔摩斯，真是太巧了！但能说完全是个巧么？难道没有一些未知因素在作祟吗？很可能是这个青年人在接触病人后先产生了恐惧心理，继而产生一种生理作用，从而出现了与他惧怕的东西相似的病症。无论如何，我可以用我的声誉来担保——啊！夫人昏过去了！我看还是由肯特先生照看她，她会很快恢复过来的。"

新探案

王冠宝石案

华生再次回到贝克街这间杂乱无章的房间时,感到喜悦极了,许多著名的冒险都是从这里开始的。他环顾四周,墙上贴着科学图表,屋里摆着被强酸烧坏的药品架子,屋角立着装小提琴的盒子,煤斗里依然如故地放着烟斗和烟草。最后华生医生把目光停在毕利那带着笑、有生气的脸上。他是个小听差,年纪很轻,却善解人意,有他在身边,可以使这位著名侦探给人留下的落落寡合、阴郁寂寞的感觉减少许多。

"一切都没变,毕利。你还是那副样子,他也一样吧?"毕利有点担心地看了一眼那关着的卧室门。"他大概是上床睡着了。"毕利说。当时正是一个晴朗夏日的下午七点钟,但是华生已经十分熟悉他朋友的不规律生活,对他现在睡觉已经习以为常了。

"就是说,他手头有案子喽?""是的,先生。他现在的生活很紧张很忙碌。我真担心他的身体,他近来瘦了许多,吃不下饭。哈德森太太总是问他:'福尔摩斯先生,您几点钟用饭?'而他总是说:'后天七点半。'您是知道他在全心全意办案的时候是怎么过日子的。""是的,毕利,我再清楚不过了。""现在他正盯什么人的梢儿。昨天他扮成一个找工作的工人,今天又成了一个老太太,我都差不多被蒙骗过去了,可我现在倒是熟悉他的习惯了。"毕利一边笑着一边用手指着沙发上的一把皱巴巴的阳伞,"这便是扮老太婆的道具之一。"

"这是干什么用的?"毕利放低了音量,小心翼翼地说:"告诉您倒没什么,可千万不能传出去。就是办理王冠宝石丢失的那起案子。"

"你是说那桩十万英镑的盗窃案吗?""不错,先生,他们一定要找回

宝石。连首相和内务大臣都亲自来了,他们那天就坐在那个沙发上。福尔摩斯先生对他们倒很友好、和善,寥寥几语就使他们安心了。他保证一定全力以赴,但那个坎特米尔勋爵……"

"是他呀!""是的,先生。您明白了吧。我看他真是一具活僵尸。我可以跟首相谈得很高兴,内务大臣也不讨厌,他有礼貌,好说话,就是这位勋爵大人真让人无法忍受。福尔摩斯先生也不喜欢他。他根本不信任福尔摩斯先生,反对请他办案,他倒是希望他办案失败似的。""福尔摩斯先生知道这些事吗?""福尔摩斯先生全都知道。""我们祝愿他办案成功就行了,让那个该死的坎特米尔勋爵下地狱去吧。嘿,毕利,窗子前边那个帘子怎么那么怪,有什么用吗?"

"那是福尔摩斯先生三天前特意让挂上的,那背后藏着一个很有趣的东西。"毕利走过去拉开遮在凸肚窗的凹处的帘子。华生医生禁不住惊叹。那是福尔摩斯的蜡像,穿着睡衣,装束一应俱全,脸朝窗子,微微低头,仿佛在看书,蜡像是摆在安乐椅里的。毕利轻松地把假头摘下来举在空中。

"我们把头摆成各种各样的姿势,造成更逼真的效果。如果窗帘不放下,我都不敢碰它。一打开窗帘,连马路对面都看得很清楚。""以前我和福尔摩斯也使用过一次蜡人。""那时候我还没来呢,"毕利说,随后拉开帘子朝街上张望着,"我们被人监视着。现在那边窗口就有一个家伙,不信您自己过来看。"

华生刚迈了一步,卧室的门突然开了,福尔摩斯走了出来,他面色苍白,神色紧张,而步伐依然矫健。他一个箭步跳到窗口,迅速拉上了窗帘。"别再动了,毕利,"他说道,"你性命堪忧,我可不希望如此,目前我还要用你。华生,在老地方又看见你真令人高兴。我现在正需要你。""我真高兴你需要我的帮助。"

"毕利,你可以走了。这孩子真让人担心,我真不知道应不应该让

新探案

他冒险！"

"什么危险，福尔摩斯？"

"生命危险。我估计今晚会出事。"

"什么事？"

"被暗杀，华生。"

"开玩笑吧？福尔摩斯！"

"我哪有那么幽默。但是不管如何，'人生得意须尽欢'，喝酒吗？煤气炉和雪茄都在老地方。我想你依旧坐你的安乐椅吧。你应该不会讨厌我的烟斗和劣质烟草吧？它们近来就是我的三餐。"

"为什么不吃饭呢？""因为饥饿可以改变人体的机能。你是医生，自然知道消化食物所需的供血量与脑力所损失的等量。我的大脑当然是放在第一位的，我的身体毕竟只是次要的附件。""但是，这个危险到底是什么？""对了，在没出事之前，你把凶手的姓名地址默记在心，说不定也有好处。你可以把它交给苏格兰场，还有我临终的祝福和问候。他的名字叫内格雷托·西尔维亚斯伯爵。快记下来，伙计，莫尔赛花园街136号。都记住了吗？"华生那忠厚的脸急得都抖动起来了。他明白福尔摩斯方才所说与其说是夸大其词，不如说是说得轻松。华生向来是个行动主义者，他即刻做出判断。

"我帮帮你吧，福尔摩斯，反正我这两天也闲着。"

"我说华生，你的本领可没见长，还学会了说谎。你明明是忙得不可开交，随时都有病人来看病。""是无关紧要的小毛病。对了，你怎么不叫人逮捕这个家伙呢？""我本来可以这么做，这也正是使他烦躁的原因。""那你怎么还不动手呢？""因为我还没有确定宝石藏在何处。""我想起来了！毕利告诉我了——是那颗王冠宝石。""是的，就是那颗硕大的价值连城的蓝宝石。我已知道谁是参与此案的人了，但是没拿到宝石，即使逮捕他们又有什么益处呢？虽然为社会除去一大祸

害,但这不是我的最终目的,我一心想拿到那块重要的宝石。""这个西尔维亚斯伯爵也是你钓到的一条鱼吗?""不错,而且是只凶残的咬人的鲨鱼;另一个是塞姆·莫尔顿,拳击手,他人倒不坏,只是被伯爵利用了。塞姆不是鲨鱼,不过是一条傻傻的大头鱼罢了,正在扑腾呢。"

"这个西尔维亚斯在哪?"

"今天一上午我一直在跟踪他。华生,过去你曾见过我扮成老太婆的样子,但今天是最成功的。他甚至还替我拾起了遮阳伞,并向我道了歉。他有一半意大利血统,高兴时真的很有南方人的绅士风度,而发怒时则是恶魔的化身。人生真是无奇不有,华生。""人生也可能是一幕悲剧。""也许可能。我一直跟踪到了米诺里斯的老斯特劳本齐商店。这个店是制作汽枪的,技术相当好,枪也十分精巧。我猜现在就有这样一支枪对着我们。当然,毕利一定给你看过蜡人了。它的脑袋随时可能被子弹打穿。毕利,发生了什么事儿?"毕利手里拿着一个托盘,上面放着一张名片。福尔摩斯只看了一眼就抬起了眉梢,脸上浮出戏谑的微笑。

"这家伙来了。这一步棋倒是出乎我的预料,我要拉网了。这家伙胆量不小,你也许听说过他曾作为一名射手参加过一个大型比赛吧。如果我也有幸被收在他的射击记录上,他倒不失为一个胜利者。他也许已经感觉到我在收网了。"

"叫警察吧!"

"会叫的,但不是现在。华生,你从窗口看一下,街上是不是有一个人在溜达?"

华生小心谨慎地从帘子边上向下望了望。

"不错,门口有一个彪形大汉在闲逛。"

"那就是莫尔顿——毕利,来访者在什么地方?"

"会客室。"

"我按铃后,你再带他上来。"

"是,先生。"

"如果我不在屋,你也让他进来。"

"是,先生。"

华生等毕利出去,立刻对福尔摩斯严肃地说:"我说,福尔摩斯,你不能这么做。他是个杀人不眨眼的恶魔,不择手段,他可能是来谋杀你的。"

"这并不奇怪。"

"我不走,我要陪着你。"

"你会碍事的。"

"碍他的事?"

"不,我的朋友,是妨碍我办事。"

"那我也不走。"

"华生,你走吧,真的没关系。你永远不会让我失望的,我一直相信你,这个人此次前来虽说有所企图,但对我反而有好处。"说着他掏出日记本,匆匆写了几行字。"你把这个交给苏格兰场侦查处的尤格尔,然后你和警察一同前来,那时就可以逮捕这家伙了。"

"这么做我很高兴。""在你回来之前我正好可以找回宝石。"说着他按了一下铃。"咱们最好从卧室门走出去,这个旁门太重要了。我想在旁边看看我的老鲨鱼,你放心,我有我的办法。"只一会儿,毕利就把西尔维亚斯伯爵领到空屋子里来了。他身材魁梧,肤色黝黑,留有威武的黑胡子,下面藏着两片凶残的薄嘴唇,还有一个鹰钩鼻子。他是出了名的狩猎家,运动员,也是花花公子。他衣着华贵,但是花色领结以及闪闪发光的别针和戒指给人一种浮华的感觉。当门在他身后关上后,他那凶狠而愕然的目光胡乱扫了一遍,唯恐每走一步都会陷入圈套。当他看见窗前安乐椅上方的假头和睡衣领子时,他顿时吃了一惊,似乎被

某物击中一样,身子一僵,只是一味地惊讶,然后一种可怕的希冀的目光闪现在他狰狞的双眼里。他环顾四周,确定无人看见他后,就举起粗手杖,踮着脚尖朝那人形走过去。当他正准备跳过去出击时,突然从卧室门口传来一个冷静而讥讽的声音:"别打坏它,伯爵!千万不要!"凶手吓得哆嗦了一下,脸上充满了惶惑。一刹那他又举起那根加铅的手杖,仿佛想再次行凶,但是,福尔摩斯那镇静自若的双眼和讥讽的微笑使他的手又软了下来。

"很不错,你说呢?"福尔摩斯说着朝人形踱过去。"它是法国塑像家塔韦尼埃做的。他做蜡像的技巧绝不逊于你的朋友斯特劳本齐做汽枪的本领。""什么汽枪!你胡说些什么?""请把帽子、手杖放在茶几上。好!请坐。请把手枪摘下来好吗?好吧,你坐不坐是你的自由,你的来访很巧,与我的想法不谋而合,我早就想跟你谈一谈了。"伯爵的粗眉毛皱了一下,"我此次前来也正是想和你谈谈,我承认我方才想揍你。"

福尔摩斯活动了一下倚在桌边的腿。

"我看出来了,"他说,"不过,你对我本人为何如此关心呢?"

"因为你专门跟我过不去,跟我作对。你还派探子跟踪我。"

"什么?探子!我可没做过。"

"你还不承认!我叫人跟着他们来着。我们都可以干这个,福尔摩斯!"

"这倒没什么,西尔维亚斯伯爵,不过请你称呼我名字的时候要尊敬些。你应该知道,不遵守礼仪是不够风度的。"

"好吧,福尔摩斯先生。"

"很好!现在我告诉你,你说我派人跟踪你的话是错误的。"

伯爵轻蔑地笑了。

"我的人也盯着我身后的人呢。昨天有一个无聊老头子,今天又是一个老太婆,他们整整盯了我一天。"

新探案

"你这么说让我倍感荣幸,先生,你太夸奖我了。昨天道森老男爵还打赌说,我这个人,投身法律真是戏剧界一大损失,真难得啊,你今天也称赞我小小的化装术。""那是你本人?"福尔摩斯耸了耸肩,"你看看墙角那把阳伞,有些眼熟吧?就是你在怀疑我之前在敏诺里替我捡起来的那把伞。""如果我知道是你,你休想……""再回到这个小屋了,是不是?我很明白,你我都懊悔莫及,当初错过了大好良机。不过,正因为你当时不知道是我,所以咱们又碰头了。"伯爵的眉毛皱得更紧了,"你这么一说更加深了我对你的仇恨,不用探子而由你本人化装,你真是多管闲事!你说你跟踪我,为什么?"

"好了,伯爵,你过去在阿尔及利亚打过狮子吧?"

"说得对极了!"

"为什么打猎?"

"为什么?玩——刺激——冒险。"

"还想为国家除一害吧?"

"不错。"

"不谋而合呀。"

伯爵突然跳起来,手不由自主地去摸后裤袋。

"坐下,先生,坐下!我还没有说完呢,还有一个更实际的理由——想要那颗宝石。"伯爵又坐到椅子上,脸上露出狰狞得意的笑。

"你很清楚我正是为了这个才盯着你的。你今晚来的目的就是要摸清我掌握了多少底牌,杀死我有多大必要。好吧,我告诉你,从你的利益来说那是绝对必要的,因为一切都在我的掌握之中,只有一点,而你马上就会告诉我。""好哇!你想知道的这点究竟是什么呢?""宝石现在在哪儿?"伯爵警觉地盯着他:"这么说,你想知道?你说我可能告诉你吗?""当然能,你必须这样做。""哼!""你骗不了我,伯爵。"福尔摩斯紧盯着他,双眼愈加明亮,最后变成两个极

有威力的光点。"你就像一块玻璃砖,我能看穿你的脑袋。""如果这样,那你当然能看出宝石在什么地方了。"福尔摩斯高兴地把手一拍,然后嘲弄式地伸出一个指头:"这么说,你承认你知道了?""我什么也没承认。"

"我说,伯爵,你若是聪明些,咱们还可以好聚好散;否则,你不会有好果子吃的。"伯爵仰头望着天花板。"我还说你诈我呢!"他说道。

福尔摩斯聚精会神地看着他,像一位棋手在思考怎么走下一步棋,然后他拉开抽屉取出一本厚厚的日记本。

"你知道这里面是什么东西吗?"

"我怎么会知道?"

"是你!"

"我?!"

"没错!你的每次经历——所有罪恶的冒险勾当。""他妈的,福尔摩斯!"伯爵两眼冒火地喊道,"我的忍耐可是有限的!""你的恶行都记录在这儿了。比如哈罗德老太太是怎么死的,她把布莱默产业留给了你,而你立刻就赌光了。""你在胡言乱语!""还有瓦伦黛小姐的生平。""哼!那对你根本没有用!""还有许多呢,这里是一八九二年二月十三日在里维埃拉头等火车上抢劫的记录,这个是同一年里昂的银行的伪造支票案。""这个你说的就不对。""如此说来别的都对了!嗨,伯爵,你是会打牌的,在你的对手掌握了全部王牌的时候,聪明的你最好还是交出牌吧,这多省时间啊!""你说这些和你要的宝石又有什么关系?""耐心些,伯爵。不要着急!我只须简单几句话就会把事情说明白。我掌握着这些针对你的情况,在这基础上,我还完全了解你和你那个打手在王冠宝石案中扮演的角色。"

"嗬!是吗?"

新探案

"我知道谁是送你到白金汉宫的马车夫和带你离开的马车夫。我知道在事发现场看见过你的看门人。我掌握艾奇·桑德斯的情况,他不肯给你破开宝石,他已经投案自首了,你的事彻底暴露了。"伯爵头上的青筋暴露,多毛的大手紧张地搓着。他似乎要说什么,但又说不出来。

福尔摩斯说:"现在我把我的牌都摊出来了。遗憾的是还缺最后一张牌,是那张方块 K。我不知道宝石在哪里。"

"你永远不会知道了。""真的吗?伯爵,放聪明些,你权衡一下轻重。你将被监禁二十年,塞姆也一样。你要宝石又有什么用处呢?根本没有用处。而如果你交出宝石来——那我就不起诉。我们并非一定要抓住你或塞姆,我们要的是宝石。只要你交出宝石,并保证将来不犯案,我愿意放你走。如果你再出乱子——那就下不为例,公事公办。这次我的任务是拿回宝石,而不是让你坐牢。"

"如果我不愿意呢?""那样的话,真是太遗憾了,只有抓你而宁可不要宝石。"这时毕利听到铃响便走进来。"伯爵,把你的朋友塞姆找来一起商量岂不更好?再说,他有发言权。毕利,大门外有个大块头,一个模样不太好看的先生。请他上楼来。""要是他不来呢,先生?""别动武,你只需告诉他是西尔维亚斯伯爵想见他就行了,他一定会来的。""你到底想干什么?"毕利一走,伯爵就问道。"方才我的朋友华生曾在这里。我告诉他,我钓到一条鲨鱼和一条大头鱼,我现在要收网了,它们马上就会浮出水面。"伯爵站了起来,一只手摸到背后。福尔摩斯则握住睡衣口袋里的一件鼓起的东西。"你不得好死,福尔摩斯。""我也这么想,这有什么呢?说实话,你想过自己的下场吗?躺着的可能性很大。但是担忧未来是不正常的,为什么不尽情享受现在呢?"从这个罪犯凶狠的黑眼睛里突然闪出一股野蛮的凶光。当他变得紧张和高度戒备时,福尔摩斯显得更高大了。

"朋友,不要动枪,"福尔摩斯沉着冷静地说,"你心里也明白,即使我让你开枪，你也不敢。枪声实在是太大了，还是汽枪比较好。噢，来了，我听见你忠诚的合伙人的脚步声了。莫尔顿先生，你好，在街上挺无聊的吧？"这位拳击运动员是一个小伙子，体格十分结实，一张扁平脸显得蠢笨而执拗。他拘谨地站在门口，不解地四下张望，对他而言，福尔摩斯自然亲切的态度简直难以想象，他虽然依稀感到一种敌意却手足无措。于是他就向他那位狡黠的伙伴发问了。

"我说伯爵，这是怎么回事？这个家伙想干什么？到底发生了什么事儿？"他的声音低沉而沙哑。伯爵耸了耸肩膀，福尔摩斯回答了他。

"莫尔顿先生，一句话，一切就都水落石出了。"拳击运动员还是对他的同伙讲话，"这人怎么啦，他在开玩笑吧？我可没有心情开玩笑。""我也一样，"福尔摩斯说道，"我可以保证今晚你会笑得越来越少，即使想笑也笑不出来了。嗨，伯爵先生，我是一个忙人，不能浪费时间。现在我进我的卧室去。我不在场，你们千万别那么拘谨客气，你大可畅所欲言，不必照顾我的面子，把你们目前的处境跟你的伙伴说清楚。我去练我的小提琴，拉一支《威尼斯船夫曲》。五分钟以后我再回来听你的最后答复。我刚才所说的最后抉择你听明白了吧？我们是逮捕你，还是拿回宝石？"福尔摩斯说完就走了，顺手从墙角拿走了小提琴。不一会儿，那闭着房门的卧室里传来了幽怨缠绵的曲调。"到底怎么了？"莫尔顿迫不及待地问道，"难道他知道宝石的事啦？""他妈的！他掌握的真不少。我不敢说他是不是全都知道了。""我的天呐！"这位拳击运动员灰黄色的脸愈加苍白了，"艾奇把咱们出卖了。"

"真的？我非宰了他不可，我豁出去了，就算上绞刑架也不怕！""那顶个屁用！咱们得赶紧决定到底怎么办。""等一等，"拳击运动员怀疑地朝卧室望了一眼，"这家伙精得跟个鬼似的，得小心提防他，他不会在偷听吧？""他正在拉琴怎么能偷听呢？""倒也是，但说不定有人藏在帘子后面偷听呢。这屋的挂帘还真不少。"他边说边向四周望了

新探案

望。这时,他第一次发现了福尔摩斯的蜡像,不由自主地用手指着它,惊讶得连话都说不出来了。

"嗨,那是蜡像!"伯爵说。

"什么?天呐,吓死我了,简直跟真的一样,看它还穿着睡衣哪。伯爵,你看这些帘子!""帘子有什么奇怪的!咱们的时间可不多啦。他马上就可能为宝石的事儿把咱们给抓起来。""他妈的,这家伙。""但是只要咱们交出宝石,他就会撒手不管了。""什么!交出宝石!它可值十万镑啊!""两条路选一个。"莫尔顿用手抓着自己的头发。

"反正他就一个人,把他杀了吧。只要他闭上眼,咱们还怕什么?!"伯爵摇了摇头,"他有枪,是有戒备的,如果咱们开枪打死他,从这个热闹的地方逃走可是很难。再说,警察很可能已经知道他掌握的证据。嘿!什么声儿?"好像从窗口发出一个模糊不清的声音。两个人立即转过身来,什么也没发现。除了那个蜡像坐在那里,房间里别无他人。

"是街上的响声。"莫尔顿说,"我说,头儿,你有脑子,赶快想办法。要是动武不行,那怎么办呢?""他算什么,比他还厉害的人我都骗过,"伯爵答道,"宝石就在我的暗口袋里。把它放在别处太危险,我不放心。今晚就能将它送出英国,不到星期天就可以在阿姆斯特丹把它切成四块了。他不认识范·塞达尔这个人。"

"我还以为塞达尔是下周才动身呢。""本来是的。但现在情况不妙,他必须立即动身。你我必须有一个人带着宝石去告诉他。""但是假底座还没做好呢。""那他也只能这么带走,即使很冒险。一分钟也不能耽误了。"他再一次像一个运动员本能地感到危险时那样,恶狠狠地看了看窗口。不错,刚才的动静是从街上发出的。

"至于这个福尔摩斯么,"他接着说道,"我们可以轻松地骗过他。知道吗?这个笨蛋说只要能拿到宝石就不逮捕咱们。好,咱们答应和他

合作。给他错误线索，不等他发现上当受骗咱们就已经到荷兰了。""这主意不错，我赞成！"莫尔顿咧嘴笑着喊道。"你去通知那个荷兰人赶紧行动。我来对付这个傻瓜，装作检讨，就说宝石放在利物浦。妈的，这音乐真烦人！等他发现宝石不在利物浦的时候，宝石已经切成四块啦，咱们也在海上啦。过来，避开门上的钥匙孔，给你宝石。"

"你可真胆大，竟然把它带在身上。""这儿才是最保险的地方，既然咱们能从白金汉宫把它拿出来，别人当然也能从我的住所偷走它。""让我仔细看看它。"伯爵讽刺地瞅了一眼他的同伴，没理会那伸过来的脏手。"怎么着？你当我会抢吗？妈的，我可不吃你这一套！""得了，得了，何必发那么大的火呢？塞姆。咱们现在可千万不能内讧。到这边窗口来，对着光线，才看得清楚，接着！""多谢！"

福尔摩斯从蜡像坐的椅子上一跃而起，一把接住了宝石。他一只手攥着宝石，另一只手用手枪指着伯爵的脑袋。这两个恶棍完全懵了，一时间还没反应过来，只是本能地向后倒退。在他们惊魂未定之际，福尔摩斯已经按了电铃。"别开枪，先生们！千万别开枪，看在一屋子家具的份儿上！你们该知道，反抗是不适宜的。警察就在楼下。"

伯爵的困惑和不解超过了他的愤怒和恐惧。"你是从哪儿……"他惊慌地说着。"我理解你的惊讶。你注意到没有，我的卧室还有一个门直通这帘子后边。我原先还担心我搬走蜡像的声音会被你们听见，但我很幸运。这样我就可以聆听你们的生动谈话了，要是你们发觉我在场，那谈话就没这么自然有趣了。"伯爵做了一个绝望的表情。

"你真的很厉害，福尔摩斯。我相信你就是魔鬼撒旦本人。""跟他差不多。"福尔摩斯幽默地笑着。塞姆·莫尔顿的迟钝头脑过了好久才明白这一切。直到楼梯上响起沉重的脚步声了，他才开了腔。"是很厉害！"他说道，"不过，这个拉琴声是怎么回事？现在还响呢！""不错，"福尔摩斯答道，"你问的很对。让它继续响吧！要说这唱机真是

新探案

一种了不起的新发明。"

警察蜂拥而入,用手铐铐住罪犯后就把他们带到门口的马车上去了。华生留了下来,为福尔摩斯在他的探案史上又增添了灿烂的一页而感到高兴。说话之间,毫无表情的毕利又拿着盛名片的托盘进来了。

"坎特米尔勋爵驾到。""请他上来吧,毕利。他就是那位代表最高阶层人士的贵族,"福尔摩斯说道,"他其实很忠诚,但有些古板。我们捉弄一下他如何?开个玩笑嘛,刚才发生的事他应该不会知道。"门开了,进来一位清瘦严肃的人,面孔上垂着维多利亚中期的光亮黑颊须,与他的拱肩缩背的形象颇不协调。福尔摩斯热切地迎上前去握住那冷淡的手。"坎特米尔勋爵,您好!今年天气可真冷,不过屋里还是很热的,我帮您脱下大衣吧?""不必了,谢谢。我暂时还不想脱。"但福尔摩斯拉住袖子怎么都不放手,"您别客气,我帮您脱吧!我的朋友华生医生可以证明,如今气温的变化对身体危害很大。"这位勋爵不耐烦地挣脱他的手。

"我这样很好,先生!我来只是看看你自告奋勇承担的案子进展得如何了。""很难办——很难办。""果然不出我所料。"这位老大臣的言语之中有一种显而易见的讥讽之意,"每个人都是有弱点的,福尔摩斯先生,这样的结果也不错,至少可以治治某些人自吹自擂、自命不凡的毛病。""您说得真对,我也很焦急。"

"那当然。""我有一个问题,想请您帮忙。""是不是为时已晚?我还以为你有十足把握呢,但是,我还会尽我所能的。""我们对偷盗者可以起诉,这毋庸置疑吧?""前提是你能捉住他们。""当然。我还有疑虑——我们将如何处置收赃者呢?""你不觉得这个问题提得有点为时过早吗?""考虑得万无一失是有好处的。那么,依您看对收赃者采取行动的确凿证据是什么?""占有宝石。""只依据这点您就会逮捕他吗?""毫无疑问。"福尔摩斯从来不笑出声,这次却几乎是华生记忆中例外的一次。

"那么，先生，我只能建议逮捕您。"坎特米尔勋爵显然动了气，他那苍白的面颊被怒火加深了颜色。"你太无礼了，福尔摩斯先生，在五十年的公职生活中我从未经历过这样的事。我公事繁忙，职责重大，可没时间没兴趣和你开这种无聊的玩笑。坦白地对你说，我怀疑你的办案能力。我一向认为把案子交给警察更安全，你的行为证实了我的猜测。先生，再见。"福尔摩斯拦住他。

"等一等，先生，"他说，"与暂时占有宝石相比，带走它的罪行更严重。""你在说什么？莫名其妙！""请你摸一下你大衣的右口袋。""我不懂你在说什么！""别生气，摸摸何妨？"几秒钟之后，这位勋爵站在那里不胜惊讶，张着嘴却哑口无言，他颤抖的手拿着那颗硕大的宝石。

"啊！啊！这是怎么回事，福尔摩斯先生？""对不起，真的不好意思，我的老朋友都知道我向来爱搞恶作剧。还有，我酷爱戏剧性效果。我冒昧地——非常冒昧地——在您刚进来的时候偷偷往您口袋里塞进了这块宝石。"老勋爵看看宝石又看看福尔摩斯，"先生，我确实很茫然。不过，这的确是王冠宝石。福尔摩斯先生，我们对你不胜感激。如你所言，你的幽默确实很独特，而且表现得又极其不合时宜，但不管怎么说，我收回我刚才所说的关于你的才能的评价。但你究竟是怎么……"

"案子目前尚未完结，细节暂时保密。坎特米尔勋爵，您现在可以回去向上边报告好消息了，希望这可以稍稍弥补我方才的冒失行为。毕利，送客。还有，赶紧告诉哈德森太太尽快开饭。"

新探案

三角墙山庄奇闻

这是福尔摩斯所经历的冒险中最突然、最富于戏剧性的故事了。我很长时间没看见他了，也不知他近来在忙些什么。这一天早上他兴致极好，他一边让我坐在壁炉旁的旧沙发上，一边衔着烟斗坐在对面，这时有人来了，用一头发狂的公牛来形容来者一点都不过分。门"咚"的一声被冲开，闯进一个高大的黑人。若非面目狰狞，他会给人一种很滑稽的感觉。他穿着一身鲜艳的灰格西装，系着一条橙红色领带。他那宽脸庞和扁鼻子向前方使劲探着，两只阴沉的黑眼睛冒着熊熊怒火，不住地打量着我们两人。

"你们两位谁叫福尔摩斯？"他问道。福尔摩斯懒洋洋地举了一下烟斗。"哈，原来就是你呀！"这位来访者说着，以一种令人不悦的鬼鬼祟祟的轻盈步子绕过桌子。"听着，福尔摩斯先生，你不要多管闲事，大家各干各的。你明白吗？""继续说，"福尔摩斯说道，"我很感兴趣。""哈，你觉得有意思，对不对？"来人吼叫着，"等我收拾你之后你就绝对不会觉得有意思了，你这种人，一经收拾便老实多了。你看这是什么？福尔摩斯先生！"他伸出一只硕大无比的拳头在福尔摩斯鼻子底下示威性地晃了晃。福尔摩斯颇为好奇地看了看他的拳头。"你天生就这个样子吗？"他问道，"还是后来慢慢练出来的呢？"也许是由于我朋友的镇静，也许是我抄起了拨火棒的缘故，总之一句话，这位来访者的态度突然间变得不那么趾高气扬了。

"总之我已经警告你了，"他说，"我有个朋友对哈罗那边的事很感兴趣，你知道我说的是什么意思吧？他不希望你插手。明白了？我不是法律，你也不是法律，要是你再多管闲事，我可就不客气了。记住我的话对你只有好处。""百闻不如一见啊，"福尔摩斯说，"我不让你坐了，因为我讨厌你身上的气味。你不就是那个搞拳击的斯蒂夫·迪克西吗？""这正是我的大名，你说话最好客气些，否则我的双拳可不饶你。""那倒不必，"福尔摩斯死死地盯着那位客人丑陋不堪的嘴巴说，"说说你在赫尔本酒吧外头杀死小伙子珀金斯的事。嗨！你别走哇。"这个黑人倒退了几步，面呈灰色。"少跟我说这些不着边际的话。"他说道，"珀金斯的死跟我有什么关系？这小子死的时候我正在伯明翰斗牛场训练。"

"说得不错，这种话你还是对法官说吧，斯蒂夫，"福尔摩斯说，"我一直在注意你跟巴内·斯托克代尔的行径……"

"天呐！福尔摩斯先生……"

"好了，好了，就这样吧。等我该说的时候再说。"

"那再见吧，福尔摩斯先生。你不会计较我今天的举动吧？"

"但你得告诉我是谁派你来的。"

"那还用问吗？福尔摩斯先生，就是你刚才说的那个人。"

"他又是受谁指使的呢？"

"老天，这我可不知道，福尔摩斯先生。他就跟我说：'斯蒂夫，你去找福尔摩斯先生，告诉他如果他去哈罗，生命就岌岌可危了。'就是这么回事，我说的全是真的，没有一句假话。"没等再问他别的问题，这位客人就一溜烟跑出去了，来也匆匆，去也匆匆。福尔摩斯一面暗笑，一面磕去烟斗里的灰。

"华生，幸好你没用拨火棒敲破他那结实的脑袋。他实际上不碍事，别

新探案

看浑身肌肉,其实是个蠢货,只能吓唬小孩子,很容易被镇住,就像刚才那样。他是斯宾塞·约翰流氓集团的一员,最近参与了一些无耻的勾当,我现在没时间对付他们,以后再说。他的顶头上司巴内却狡猾得很。他们专门袭击、威胁他人。我想知道的是,谁是这件事的幕后操纵者。"

"他们为什么要来威胁你呢?""是因为哈罗森林案件。他们这么做反而增强了我侦查此案的决心,既然有许多人出动,来头必定不小。""到底怎么回事?""方才我正想告诉你这件事,闹剧就发生了。你看看麦伯利太太的信。如果你愿意与我同往,咱们就给她拍一个电报,立刻动身。"

我接过来,信上这样写着:

福尔摩斯先生:

　　我最近遇到一系列怪事,都与我的住宅有关,热切希望得到您的帮助。如您明日前来,我将全天在家恭候。本宅在哈罗车站附近。我已故的丈夫莫提梅·麦伯利是您的早期顾客之一。

玛丽·麦伯利谨启

住址是:三角墙山庄,哈罗森林。

"你瞧,就是这样。"福尔摩斯说,"你如果有时间,咱们就可以出发了。"

我们乘了一段时间短途火车,又坐了一阵马车之后,终于到达了三角墙山庄。这是一座砖瓦木料的别墅,周围有一英亩天然草原。上层窗子上面有三小垛尖形的山墙,算是"三角墙山庄"这个名称的标志。屋后有一丛半大的郁郁葱葱的松树。这地方给人的总体印象是窒闷的,萧瑟的。室内的家具倒是颇为讲究,接待我们的也是一位风度翩翩、岁数很大的夫人,言谈举止中显出她的良好的教养和文化。

新探案

"我对您的丈夫至今记忆犹新,"福尔摩斯说,"尽管从我为他办一件小事到现在已有许多年了。""或许您熟悉我儿子道格拉斯这个名字吧?"福尔摩斯非常有兴致地看着她。

"什么!难道您就是道格拉斯·麦伯利的母亲吗?他的大名我早有耳闻,不过,我只见过他一面。当时,他实在是一位英俊、有魅力的男子啊!不知他现在怎么样?""唉,死了,福尔摩斯先生,他死了!他是驻罗马的参赞,上个月患肺炎在罗马死了。""真遗憾!谁又能想到他这样一个人会和死联系在一起呢?他是我见过的精力最为充沛的人,生命力极其顽强。""顽强得太过分了,反而毁了他的一生,夺去了他的性命。福尔摩斯先生,你印象中的他总是那么英俊潇洒,风流倜傥,你根本无法想象他变得忧郁少言的情形,他伤透了心,一个月之间,我目睹他由一个优雅高贵的孩子变成一个失魂落魄的可怜人。""是爱情,因为一个女人吗?""一个女魔鬼。好了,我此次请你前来可不是为了谈论我的儿子,福尔摩斯先生。"

"华生和我都会尽力帮您的,请说吧。""近来发生的事情极其古怪。我搬到这座房子里已经一年多了,我一直幽处独居,闭门谢客,过着清静的太平日子,所以同邻居极少来往。三天前我会见了一个来访者,他自称是经营房地产的商人,还说我家被他的一个主顾相中了,如果我愿意卖掉,价钱不成问题。我很不解,因为附近在出售的几处房产与我的条件大体相当,但是我自然对他的提议还是感兴趣的。于是我就提出了一个价格,比我买房时的价钱高出五百镑。交易一拍即合,但他又说他主顾连家具也想买,让我再说一个价。这儿有些家具是我从家乡带来的,你可以看出那是极上等的家具,于是我就要了一个相当高的价钱。他也毫不迟疑地同意了。我本来就打算去国外看看,而通过这次交易我可以赚到不少钱,看来我往后的日子也很宽裕,不会有问题了。

"昨天这个人带来了写好的合同。多亏我先让我的律师苏特罗先生看了一下,他也在哈罗居住。他对我讲:'这是一个非常奇怪的合同。如果你签了字,你就无权把房子里的任何东西拿走,包括你的私人用品。'当天晚上那个人再次来的时候,我说了这一点,并言明我只卖家具。'不,不只家具,而是一切。'他说。'那我的衣服首饰怎么办?''放心,当然会考虑到你的私人用品。但是所有物品需经检查才能携带出房外。我的主顾是一个非常大方的人,但是他有他的癖好和习惯。对他来说,要不就全买,否则就不买。''既然如此,我不卖了。'我说。这件事就这么不了了之。但是这个事儿实在稀奇古怪,我担心……"这当儿出现了意外。

福尔摩斯抬起手来打住了谈话,只见他大步抢到房间另一端"呼"地把门打开,抓住一个又高又瘦的女人的两肩,把她揪进房间。这女人拼命挣扎着,极不情愿地被揪进了屋,然后她开始像一只被抓出鸡笼的小鸡一样高声乱叫。"放开我!你要干吗?"她尖叫着。"苏珊?你怎么了?""太太,我正要进来问客人是否留下用饭,这个人就扑上来了。""她躲在门外偷听至少已经有五分钟了,但我没有打断您有意思的叙述。苏珊,你有点气喘吧?你干这事可有点不适合,很容易被人发现的。"

苏珊愤愤不平地但是惊讶地转向捉住她的人。"你到底是谁?你有什么权力这样对待我?""我只是想当面问你几个问题。麦伯利太太,您对谁提过您要给我写信,找我帮忙?""没有,福尔摩斯先生。""谁替您寄的信?""苏珊。""这就对了。苏珊,你把你家主人要找我的事对谁汇报了?""你在胡说些什么,我根本没报信。""苏珊,气喘的人往往短命,而说谎的人下场更是不妙。你究竟告诉谁了?""苏珊!"她的女主人大声说道,"你这个狡猾的坏女人!我想起来了,你曾在篱笆边和一个男人说过话。""那是我自己的事。"苏珊生气地回答。"如果

新探案

我告诉你,我知道那个和你说话的人是巴内,你会怎样?""你知道了?""本来我还不能完全确定,现在可以了。好吧,苏珊,如果你告诉我是谁指使巴内,我会给你十英镑。"

"十英镑算什么,别人经常给我好几千呢!""这么说,是一个很有钱的男人?不对,你笑了,那一定是个富有的女人。直到目前我所知道的只有这些。你何不说出名字?这现成的十镑马上就归你。""我倒宁愿看你下地狱!""说的什么话!苏珊!"麦伯利太太喊道。"我不干了,我受够了,明天就叫人来取我的箱子。"说着她拂袖而去。"再见,苏珊。别忘了用樟脑阿片酊……那么,"福尔摩斯等门一关上立刻又严肃起来,"这个集团对这桩案子很认真。你发现没有,他们的行动很紧凑。你给我的信上邮戳是上午十点。苏珊马上向巴内报信,巴内又刻不容缓地去请示他的主子,而这位主子,他,或她,我看很可能是女主子,因为苏珊一定是因为我说错了才笑了的,她下达了命令。黑人斯蒂夫被找了来,到次日上午十一点时斯蒂夫已经找到了我。你看,这真是迅雷不及掩耳。"

"他们有什么目的?"

"这正是亟待解决的问题。在你以前谁是这所房子的主人?"

"一位姓弗格森的退休的海军上校。"

"这个人有什么不寻常的地方吗?"

"没听说。"

"开始我寻思他是不是埋了什么东西。虽然现在人们总是把金子存进邮政银行,但世上总存在着一些古怪的人,没有他们,生活该是多么单调无味啊。最初我设想是埋了珍宝,但是,如果是这样,他们要你的家具又有什么用呢?你总不会有什么拉斐尔原作或莎士比亚第一对开本而自己却丝毫不知吧?""没有,我只有一套王室德比茶具,此外再也

没有什么更值钱的珍品了。""这种茶具是不值得付出这么大代价的。再说,他们完全可以公开说明嘛,如果要你的茶具,直接出高价买就可以了,何必包括一切呢?不过,依我推测,你家里一定是有什么你自己还不知道的东西,一旦知道你是决不会放手的。"

"我也是这么想的。"我说道。"既然华生都同意了,那就一定是。""那么,福尔摩斯先生,到底会是什么东西呢?""好,咱们尝试一下用逻辑分析能否界定一个最小范围。你在这里住了一年了?""快两年了。""很好。这个时间很长了,但此间从来没有人向你索要什么东西。突然间,在这三四天之内,出现了一个急切的需求者。你看这怎么解释呢?""那只能说明,"我说道,"不管这东西是什么,它一定是刚刚进入住宅的,时间绝不会长。"

"说的很有道理。"福尔摩斯说,"那么,麦伯利太太,最近新买了什么东西吗?""没有,今年我没买什么新东西。""是吗?那就更令人费解了。好吧,我需要观察事态的进展,以便取得充足的资料。你的律师能力如何?""苏特罗先生能力很强,办事精明。""你还有其他女仆吗?不止苏珊一个吧?""还有一个年轻的女仆。"

"你最好留苏特罗在这座宅子里住一两夜,你可能需要某种保护。""危险从何而来呢?""这我不敢下定论,目前案情还很模糊。既然我不知道他们究竟想要什么,我只好从他处着手,找到幕后人。这个自称房产经纪商的人留下住址了吗?""只留了姓名和职业。海恩斯·约翰逊,拍卖商兼估价商。""看来想通过电话簿找到他是没希望了,一般的商人绝不隐瞒营业地址。今天就这样吧,如果有新情况,随时通知我,我已经接手你的案子,一定会办好。"路过门厅的时候,福尔摩斯那观察细微、透视一切的目光落在角落里堆着的几个箱子上面,上面贴着五颜六色的海关标签。

"'米兰','卢塞恩',从意大利来的。"

"这是我可怜的儿子道格拉斯的东西。"

"还没打开看吧?到达多长时间了?"

"上周刚到。"

"但是你刚才却说……咳,这可能就是线索。里面说不定有什么值钱的东西呢!""这怎么可能?福尔摩斯先生,道格拉斯只有工资和一小笔年薪,他怎么能买得起贵重物品?"

福尔摩斯沉思起来。

"麦伯利太太,"最后他说道,"应该马上叫人把这些箱子抬到你卧室去。你尽快检查箱内,看看到底有什么东西。明天我再来。"显然,三角墙山庄受到了严密监视,我们拐过路角的高大篱笆的时候,看见了黑人拳击家。在这个偏僻的地方突然碰上他,他那狰狞的面目更加突出。福尔摩斯用手去摸衣袋。

"找手枪吗,福尔摩斯先生?""不,摸鼻烟盒,斯蒂夫。""你真有意思,福尔摩斯先生。""如果是我打算做你的对手,你就不觉得可笑了。今天早上我已经把丑话说在前头了。""是这么回事,福尔摩斯先生,你今天早上的话我已考虑过了,我不喜欢再听到珀金斯那桩事了,如果你觉得我有用你尽管说好了。""那么,告诉我你的主子是谁。""可是,我跟你说的全是实话,福尔摩斯先生,我真的不知道。我接受的命令都是上司巴内下达的,没了。"

"好吧,斯蒂夫。记住,这座宅子里的人以及宅子里的一切东西,都是受我保护的。千万别忘记这一点。""好,福尔摩斯先生,我记住了。""华生,他一心要保自己的小命,看来我们真把他唬住了。"我们继续往前走,福尔摩斯说,"他如果知道他的主顾,他会出卖他的。还好,我了解一些约翰集团的情况,斯蒂夫是其中一员。华生,现在兰代尔·派克能派上用场了,我马上去找他,我回来后案情就会明朗许多。"

新探案

直到第二天早晨我一直没再看见福尔摩斯,但是我想象得出他是怎么度过这半天的。兰代尔·派克是福尔摩斯查阅一切社会传闻的活参考书。这位生性怪异、懒散的人只要醒着,就会在圣詹姆斯大街一家俱乐部的凸肚窗内,收集转发首都所有的小道消息。据说他只靠给小报投稿,就能有四位数的收入。那种小报专供好事之徒消遣。在伦敦乌烟瘴气的社会里,只要一有事发生,事情无论大小,都会被这架世事人情记录器自动而准确地记载下来。福尔摩斯经常小心翼翼地帮助兰代尔得到消息,有时也需要他的帮助。

次日清早我来到福尔摩斯房间,从他的表情看,我就知道事情进展得不错。但谁料又发生了一个意外,那就是接到了下面这封电报:

　　请速来,　住宅被盗。　警察在场。
　　　　　　　　　　　　苏特罗

福尔摩斯夸张地吹了声口哨。"戏剧已发展到了高潮,而且比我预料的还快。华生,有一股强大的势力在这案子背后,对此我并不感到惊讶,因为昨天我得到了一点消息。这个苏特罗当然是她的律师喽。昨天没有请你留在那里守卫,这是我的过失。看来这个苏特罗是个软骨头。没办法,必须去一趟哈罗。"

第二次再见三角墙山庄,跟昨天那井然有序的样子可大不相同了。花园门口站着几个看热闹的无关紧要的闲人,还有两个警察在检查窗口和种植着天竺葵的花床。在屋里,我们遇见了一位满头白发的老绅士,自称是律师,旁边还有一位红光满面、絮絮叨叨的警官,一见福尔摩斯的面就以老熟人的姿态和他聊起来。"嗨,福尔摩斯先生,你可别插手,只是一件普通盗窃案,低级警察完全可以应付,就不劳你这位专家过问了。""当然,我知道是你们这些有能力的警察在主管此案呢,"福尔摩斯说，"你是说，只是普通盗窃案吗？""没错儿。我们完全确定作案人是谁以及到哪里可以找到他们。就是那个巴内集团，还有一个黑人，有人在附近看见过他们。"

"您真高明！他们偷走了什么东西？""呃，看来他们没有得手，麦伯利太太被麻醉了，住宅也被翻查。女主人来了。"女主人面色苍白，身体虚弱，由一个女仆搀扶着进来了。"福尔摩斯先生，昨天你给我的建议十分正确，"她苦笑着说，"可是，我却没有听你的话。我不想打扰苏特罗先生，所以没做任何准备。"

"我直到今天早上才听说这件事。"律师说。"昨天福尔摩斯先生劝我请你留在这里住宿进行戒备，我没照做，结果现在就发生了这事儿。""你好像很虚弱，"福尔摩斯说，"恐怕你的体力不允许你讲述事件的经过。""这是明摆着的，还用说吗？"警官指着他的日记本说，"但是，如果夫人的身体可以……""其实过程也不长，我猜一定是那个可恶的苏珊给他们带路，他们对房子很熟悉。我先是感觉到了按在我嘴上的氯仿纱布，然后我就昏迷了过去。我醒来时，有一个人在床边，另一个人则正从我儿子的行李堆里站起来，手里还拿着一卷纸，那行李被打开了，地上乱七八糟的全是东西。在他看见我醒来之前，我猛地跳起来，一把抓住了他。"

"你这样做太危险了！"警官说。"我倒是抓住了他，但他一甩手摆脱了我，我好像还挨了另一个人的打，因为我又失去了记忆。玛丽听见动静，对着窗外大叫起来，警察就来了，但那帮流氓已经逃走了。""什么东西被拿走了吗？""我想没丢什么值钱的东西。我儿子的箱子里根本没有什么。"

"他们没遗留下什么东西吗？"

"有一张纸可能是我从那人手中抓过来的，掉在地板上，皱得很厉害，是我儿子的字迹。""既然是他的手迹，说明这纸根本没有用，"警

新探案

官说,"要是犯人的……""高明,"福尔摩斯说,"基本知识完全具备!但是,我还是很好奇,想看一看。"

警官将一张书写纸从他的笔记本里拿出来。

"我总是不错过任何细微的东西,"他煞有介事地说,"这也是我对你的善意忠告,福尔摩斯先生。我干了二十年,可不是吃闲饭的,总是有可能发现指纹什么的。"福尔摩斯仔细看了看这张纸。

"警官先生,你怎么看?""依我看,很像是一本离奇小说的结尾。"

"可能,它的确像一个古怪故事的结局,"福尔摩斯说,"上面有页数,二百四十五页。那前面的二百四十四页在哪呢?"

"一定是被罪犯偷走了。不过,他们要它做什么?""闯入住宅偷这样的东西真是莫名其妙。你觉得它说明了什么?"

"说明这是盗贼在慌乱之间随手拿的。我希望他们能喜欢他们得到的。""他们为什么偏偏对我儿子的东西感兴趣呢?"麦伯利太太问道。"也许他们在楼下没找到值钱的东西,就跑到楼上来了。我是这样分析的。你怎么看,福尔摩斯先生?""我要仔细想一想。华生,你来。"我们站在窗前,他把那张纸读了一遍。开头是半句话,写的是:

……脸上的刀伤和击伤在淌血,但是当他抬头看到那张他愿为之献出生命的脸,那张在漠视他的悲痛和屈辱的脸时,他的心在流血,脸上淌的血根本不能与之相比。他看着她,她却笑了,她竟然在笑!就像没有情感的魔鬼那样冷笑了!在这一刹那,爱隐退了,恨产生了。人总是有所目的而生活的。小姐,我活着如果不能拥有你,那我就为了复仇、为了毁灭你而生活吧。

"笔法真是奇怪!"福尔摩斯笑着把纸交还给警官,"你注意到了

吗？'他'突然变成'我'。作者过于激动，在关键处把自己幻想成主角了。""文章实在不算好，"警官一面把纸放回本子里，一面说道，"你这就走吗，福尔摩斯先生？""这里既然有高手，我也就没用武之地了。对了，麦伯利太太，你说过想出国旅行吧？""我一直梦想如此，福尔摩斯先生。""你想去哪儿，开罗？马德拉群岛？利维埃拉？""哎，如果有钱，我要周游世界。""好，周游世界。好吧，再见。我也许下午要寄一封信给你。"经过窗口的时候，我瞧见警官微笑着摇着头，他的笑容仿佛在暗示："这种自作聪明的人多少有点不正常。"

"华生，事件大体已经清楚了，"当我们又回到热闹喧嚣的伦敦市中心的时候，福尔摩斯说道，"我想还是马上了结此事比较好。你最好和我一同前往，因为和伊莎多拉·克莱因这样一位女士打交道，还是有一个目击者在现场比较安全。"

我们乘着雇来的马车，朝着格罗斯汶诺广场的某一地方疾驰而去。福尔摩斯突然打破沉默对我讲起话来。

"我说，华生，你现在明白事情的前因后果了吗？""我还不能完全确定。我只知道咱们要去会见那位幕后操纵的女士。""没错，她就是那位声名远扬的美女，别的女人根本无法与她的美貌媲美。她是纯西班牙血统，就是南美征服者的那种血统，她的家族已在巴西伯南布哥当了几代领袖了。她嫁给了年老体衰的德国糖业大王克莱因，之后不长时间就成为世界上最貌美最富裕的寡妇，然后便开始了她随心所欲的生活。她有许多情人，而道格拉斯·麦伯利这位伦敦最不平凡的人物之一，也是其裙下之臣。从总体看，他并非是心血来潮，他不是交际场中的花花公子，而是一个傲慢、倔强的人，他付出了自己的一切，也希望得到一切。但是她的要求一旦得到满足，马上一刀两断，要是对方不听从她的话，她就会不择手段达到自己的目的。"

"这么说，他记录的是他自己的故事喽……""对！现在你把情节

新探案

连接起来了!听说她即将嫁给年轻的洛蒙公爵,他的年龄做她的儿子都可以了。公爵的母亲或许不在乎她的年纪,但要是出现一桩有影响的丑闻,那可就大不相同了,所以……啊,我们到了。"我们的目的地是伦敦西区最豪华的住宅之一。一个面无表情的仆人把我们的名片送了上去,一会儿回来说女主人不在家。福尔摩斯不悦地说:"我们可以一直等,直到她回来。"

那个仆人急了。"不在家就是不在家。"仆人说。

"好吧,"福尔摩斯说,"那我们也不必浪费时间了。请你把这个条子转交给她。"说着他从日记本上撕下一页纸,匆忙写了几个字,叠好后递给了仆人。"你写的什么?"我问道。

"我只简单写了一句:'那么交给警察办如何?'我相信这条子可以成为我们的通行证。"果然不出所料,快得出奇。一分钟之后我们就进入了一间天方夜谭式的客厅,宽敞而精美,光线半明半暗,灯光是那种只有在某种特殊场合才使用的粉红色。女主人已经不再年轻,到了这种时候即使是最艳丽的美人也会更喜欢朦胧暗淡的光线。我们进屋后,她从靠椅上站起来,身材修长,完美,面容端庄,冷漠无情似雕塑,两只俊美的西班牙眼睛对我们射出凶光。

"找我有什么事,还有这个侮辱人的字条儿?"她手里举着纸条说道。

"夫人,不须解释,我信任你的智慧,虽然我得承认你的智慧近来有所退化。""你怎么会这样认为?""因为你居然认为可以雇流氓吓退我。我的职业如果没有冒险性,我就不会选择它的。是你迫使我去侦查青年麦伯利的案件。"

"你说的我根本不明白。我与流氓有什么关系?"福尔摩斯显得很不耐烦地转身就走。"没错,我确实低估了你的智慧。那好,再见。""等一下,你去哪儿?""苏格兰场。"我们刚走了几步,她就追上来并

拉住他的胳臂。前一秒钟她还是钢铁般坚硬,现在则似天鹅绒般柔软。

"请坐,先生们,我们应该好好沟通一下。福尔摩斯先生,我想对你可以吐露实情。你有绅士品质,女人天生的本能对此感觉很敏锐。我把你当做朋友。""你是不是能成为我的朋友,我可不敢担保,夫人。我虽不是法律,但我在有限的范围内自信是代表公理的。我愿倾听你说话,然后我告诉你我将采取什么行动。"

"毫无疑问,威胁你这样一个勇敢的智者,只能说明我的愚蠢。""最为愚蠢的是你看人不准,把自己交给一群可能敲诈、勒索、出卖你的地痞流氓。""不对!我可不是那么简单就能对付的。既然我承诺说真话,坦白说吧,除了巴内和他老婆苏珊,谁也不知道我就是他们的主顾。至于他们两个么,这也不是第一次……"她笑了,有点洋洋自得地点点头。"原来如此。他们经受过你的考验。"

"他们是不会言语的猎犬。""这样的猎犬早晚会咬伤喂它们的主人的手。他们会因盗窃而被捕,警察已经盯上他们了。"

"他们会保持沉默,默默承受一切,这是他们受雇的条件。我不会出面的。""但我会叫你露面的。""不,你不会的,你是一位高尚的绅士,你不会揭发一个女人的秘密的。"

"前提是你必须归还手稿。"她轻声笑起来,朝壁炉走过去,用拨火棍拨弄着一堆焦黑的纸屑。"就是这个吗?"她问道。她挑战似地、充满胜利骄傲地对我们笑着,那神气又无赖又乖巧,让人哭笑不得。我觉得在福尔摩斯的所有对手当中她可能是最棘手的一位了,然而福尔摩斯并不为之所动。

"你的命运会因此而改变。"他冷冷地说,"你倒很麻利,夫人,但这次你做得过分了。"她突然扔下拨火棍。

"你太残酷了!"她大声说道,"要不要我把全部告诉你?"

"或许我讲给你听更好?"

新探案

"但是你必须站在我的立场来看这件事,福尔摩斯先生。你必须看到,这是一个女人眼看着自己一生的心血即将被毁而不得不为之行动。她这样保护自己有什么罪吗?""原罪是你。""当然,我承认。道格拉斯很可爱,但是命运就是如此,他不适合我的计划。他想结婚,福尔摩斯先生,而他却不名一文。他一定要这样,我没有别的选择。我曾付出感情,所以他认为我必须永远付出,而且只对他一个人。这是不能容忍的。我无法容忍这样,最后我才不得已让他认清现实。"

"所以雇流氓殴打他,而你在屋子里看着。""看来你确实已经知道了一切,不错,我让巴内和他的小伙子们把他轰走。我知道这样做有些粗暴无礼,但他后来怎么做的呢?我难以置信一个尊贵的绅士竟会做出如此卑鄙之事,他写书描写他的经历,我自然是条狼,他是无辜小羊。情节描写得很细,虽然是用了假名字,但是全伦敦城谁还看不出来呢?你认为这种行为不可耻吗,福尔摩斯先生?""我看他这不属于非法范围。""他的血液里仿佛浸入了意大利气质,同时也浸入了意大利古老的残忍精神。他给我写来一封信,并随后寄来一部副稿,为的是叫我备受折磨。他说还有一部底稿给出版商了。"

"你确定出版商还没收到稿子?""他的出版商是谁我早已知道,这并不是他唯一的小说。我得知出版商尚未收到意大利来信。只要另一部稿子还留在世上,我的安全便没有保证。后来道格拉斯突然去世,稿子一定是在他的遗物之中,而遗物必然邮给他母亲。于是我就叫黑社会采取行动,苏珊进了住宅当了女仆。我本打算使用合法手段,我真心希望如此。我愿意用钱买下一切,多少钱我都不在乎。只是当一切方法都归于失败后,我才不得已使用非常手段。你瞧,福尔摩斯先生,也许我对道格拉斯狠心,但天知道我是多么后悔!而且在关乎我的前程的千钧一发之际,我又有什么别的选择呢?"

福尔摩斯耸了耸肩。"好吧,好吧,"他说道,"看来只能采取老办法,

像往常那样搞一个只赔偿不起诉了。上等人周游世界需要多少钱?"

女主人瞪大眼睛不知所措地瞧着他。"五千镑够吗?""我看足够了。""很好。你签一张五千镑的支票给我,我再把它交给麦伯利太太。你应该帮她换换环境。另外,小姐,"他举起一根指头警告说,"你要小心!一定小心!玩火者必自焚。"

新探案

吸血鬼

福尔摩斯正细心地读完一封刚收到的来信,冷笑一下——这是他马上就要大笑的一种前兆,然后就把信抛给了我。

"作为现代与中古、现实与幻想的混合物,这封信真是可以了,"他说道,"你觉得如何,华生?"我读道:

旧袭瑞路46号　　十一月十九日

有关吸血鬼事宜

敬启者:

敞店顾客——敏兴大街弗格森—米尔黑德茶叶经销公司的罗伯特·弗格森先生,今日来函询问有关吸血鬼事宜。因敞店专营机械估价业务,并不了解此项事宜,故特介绍弗格森先生拜访贵处以解疑难,因阁下曾成功承办了马蒂尔达·布里格斯案件。

莫里森,莫里森—道得公司谨启

经手人 E. J. C.

"马蒂尔达可不是个女人的名字,"福尔摩斯回忆说,"而是一艘船,那个故事与苏门答腊的巨型老鼠有关,是惊世骇俗的。但是咱们跟吸血鬼有什么关系呢?那似乎也不属于我们的业务范围。当然喽,闲着也没事,不如办办案。但这回我们要到格林童话里转转了。华生,劳驾了,我要查查字母 V 有什么说道。"

我转过身取下那本大索引拿给他。福尔摩斯把书摆在腿上，慢慢而喜悦地翻阅着那些古案记录，这中间夹有他毕生积累的知识。

"'格洛里亚斯科特号'的航程，"他念道，"这个案子非常糟糕。我记得你做了些记录，但结局却有些不妥。制造伪钞者维克多·林奇，毒蜥蜴，这是个不一般的案子。女马戏演员维特利亚。范德比尔特与窃贼。毒蛇。奇异锻工维格尔。嘿，你真是个老索引，无所不有。华生，你听听这个，匈牙利吸血鬼妖术。还有，特兰西瓦尼亚的吸血鬼案。"他兴奋地翻阅了半天，然后失望地叹了口气，把本子扔在桌上。

"胡说，简直是胡言乱语！那种不用夹板钉在坟墓里就会出来走动的僵尸，和我们有什么关系？一定是精神不正常！""不过，"我说道，"吸血鬼未必就是死人，活人有的也有吸食人血的习惯。例如我在书上就读到过有的老人吸食年轻人的血以延缓青春。""你说得很对，这本索引里就提及这种传说了。但是，这种事能让我们相信吗？这位查询者脚踏地球，那就不能离开地球。这个世界对我们来说已经够大的了，不须再介入鬼域。依我所见，不能太相信弗格森的话。看，这封信可能是他写的，也许能有些眉目，找出让他苦恼的问题。"

他从桌上拿起另一封信，这封信在第一封信的下面，刚开始时他没有看到。他是含着笑读这封信的，读着读着神情就大变了，笑容隐逝，代之以凝重紧张。看完之后他靠在椅子上默默沉思起来，手指间还夹着那张信纸。后来他猛地一惊，仿佛醒了过来。"兰伯利，奇斯曼庄园。华生，兰伯利在什么地方？"

"在苏塞克斯郡，就是霍尔舍姆南边。""离这儿不远吧？那么奇斯曼庄园呢？""那一带乡间我倒很熟悉。那里的府宅都很古老，大多是以几个世纪之前房主的姓氏来命名的，像奥德利庄园，哈维庄园，凯立顿庄园等等，那些家族早就被人抛之脑后了，但他们的姓氏还是随同房子得以保留。""不错。"福尔摩斯冷冷地说。他这个自傲而自制的人有

新探案

一个特点,就是往往能不动声色地、准确地把所有的新知识都装入头脑,却很少对给他带来知识的人言谢。"我觉得我们很快就会对奇斯曼庄园有更多的了解。这封信是弗格森本人写的,如我所料。对了,他还说认识你呢。"

"什么,认识我?!""你看这个吧。"说着他把信递给我。刚才他念的那个地址写在信的开头。我读道:

福尔摩斯先生:

经我的律师介绍,我冒昧写了此信,但我的问题实在难办,不知从何谈起。我说的是我一个朋友的事儿。这位绅士在五年前和一位秘鲁小姐结了婚,她是秘鲁一位商人之女,我的朋友在经营进口硝酸的过程中与她相识。她长得很漂亮,但是国籍和宗教的相异仍是多多少少影响了夫妇之间的感情,造成了他们之间的隔阂。结果,一段时间之后,他对她的感情有些冷淡下来,并认为他们的结合是一个错误。他感到她个性中的某些东西是他永远无法捉摸和猜透的。这是令人痛苦的,因为她实在是一个少见的温柔可爱的妻子——从各方面都绝对忠实地爱着丈夫。

现在我来谈重点,详情还要与你面谈。此信只是概要,以便使你确定是否愿意承办此事。不久前这位女士开始表现出有违她温柔本性的奇怪举止。

这位绅士结过两次婚,前妻留下了一个儿子。这孩子十五岁了,他是个极讨人怜爱、感情丰富的好孩子,可惜小时候受过外伤。有两次,有人看见他继母毫无缘由地痛打这个可怜的男孩,一次是用手杖,结果使他胳臂上留下一大片瘀青。

这还不算什么呢,她对自己的亲生儿子的所作所为就更可

怕了,他还不到一周岁呢。大约一个月之前,有一次保姆只离开婴儿几分钟去做其他的事,突然听见婴儿嚎哭。保姆急忙跑回去,进屋一看,天呐,女主人弯着身子好像正咬小孩的脖子,脖子上有一处伤口,正往外流血。保姆害怕极了,要立即去叫男主人,但女主人请求她别去,还给她五英镑堵住她的嘴。女主人没做任何辩解,事情就这么不了了之了。

但是这件异常之事使保姆感到恐惧,从此她开始严加注意女主人的举动,更加细心看护婴儿,因为她从心里喜爱这个孩子。但她发觉,女主人也同样地监视她,只要她稍稍离开婴儿,母亲就抢到婴儿面前。保姆日夜保护婴儿,而母亲也如此,从早到晚不声不响地紧紧盯着婴儿,就像狼盯着羊。对你而言,这真是难以置信,但我希望你能严肃对待我的话,因为它关系一个婴儿的生死和她丈夫的精神健康。终于,事情无法继续隐瞒下去,保姆的神经再也无法承受了,她告诉了男主人一切真相。

对他而言,这简直是一场噩梦,跟你的想法一样。他明白妻子是深爱他的,而且除了那次痛打继子之外向来她都是疼爱继子的,她更不可能伤害自己的亲生儿子!于是他对保姆说:"我看这些都是你的幻觉、想象,你的多疑和恶意诽谤令我无法容忍。"他们正说着,外面传来婴儿的嚎啕大哭。他俩跑去一看,女主人刚刚从摇篮旁站起来,婴儿的脖子还流着鲜血,连床单都染红了。你可以想象,他的心情该是多么痛苦、复杂。当他扭过妻子的脸,发现她嘴唇周围都是鲜血时,他吓得叫出声来了。真的是她,毫无疑问是他的妻子吸了婴儿的血。

实际情形就是这样。她现在把自己关在屋子里不见任何人,也不做任何解释。她的丈夫早已处于半疯的境地,他和我只听说

新探案

过吸血鬼这个词,别的根本什么都不知道。我们原以为那不过是一种神话,谁知却出现在英国苏塞克斯。好了,还是明天早晨与你当面谈吧。你愿意接见我吗?你会慷慨地帮助一个近于失常的人吗?如蒙接见,请回电兰伯利,奇斯曼庄园,弗格森。我将于次日上午十点到你住所。

罗伯特·弗格森

另,你的朋友华生曾是布莱克希斯橄榄球队的队员,而我那时正在李奇蒙队担任中卫。这是我在私人交往方面唯一可以自我介绍的一点情况。

"是的,我认识这个人,"我一边放下信一边说道,"大个子鲍勃·弗格森,他是李奇蒙队最棒的中卫。他一向心地善良,现在他又这么关心朋友的事,这个人的秉性就是如此热情。"福尔摩斯深思地看着我,摇了摇头。"华生,我真不知道你是怎么想的,"他说,"你总能使我惊异。好吧,请你去拍一封电报,电文是:'我可以承办你的案件。'"

"你的案件!""我们应当让他看出我们的聪明才智,你没看出来吗?这当然是他本人的案子。先发电报去吧,到明天早上事情就完全明了了。"

第二天上午十点钟,弗格森准时地迈着大步来到我们的房间。在我的记忆中,他是一个身材颀长、四肢敏捷的人,他行动神速,善于突破对方后卫的拦截。当你看见一位昔日的健壮运动员已变得如此骨瘦如柴时,简直难以置信。这个弗格森的大骨骼已经坍陷了,两肩低垂,淡黄的头发也寥寥可数。我留给他的印象恐怕也是如此吧。

"嗨,华生,你好,"他说道。他的声调依然那么深沉,充满热情,"我说,你原有的健壮身体也大变了样,可不是当初我把你抛到人群里时的样子了。我大概也变了样吧,最近这些天显得特别老。福尔摩斯先

生，接到你的电报后我就明白，我该坦白我就是那个女人的丈夫。"

"还是实话实说好。"福尔摩斯说道。"确实如此，但请你设身处地地想一想，谈论一个你心爱的女人，多么让人左右为难啊，我该怎么办？难道我去告诉警察吗？但我又必须考虑孩子们的安全。福尔摩斯先生，请告诉我，这是否是精神病？是否由遗传而来的？你办理过类似的案子吗？看在上帝的面上，求你帮帮我，我乱了阵脚，根本不知所措。"

"我很理解你的心情，弗格森先生。请你坐下，安定一下，理智地回答我几个问题。我可以向你保证，我心里已有些线索，我自信可以找到答案。首先，请你告诉我，你做了什么，你妻子还能接触到孩子们吗？"

"我大声训斥了她。福尔摩斯先生，她柔情似水，真心地、一心一意地深爱着我，见我发现了这个可怕的、令人难以置信的秘密后，她伤心透了，话也不说，只是用饱含惊恐绝望的神情看着我，然后转身跑回自己的房间，锁上门。从此以后，她一直不想见我。她有一个陪嫁的侍女，叫多罗雷思，她是一个仆人，更是一个朋友，她每天给我妻子送饭。"

"那么说，孩子目前没事吧？""保姆梅森太太发誓绝不离开婴儿半步。我倒是更担心可怜的小杰克，因为他曾两次遭受痛打，我先前已讲给你听了。"

"没受伤？""没受伤。她打得特别狠。再说，他本来就是一个可怜的跛足孩子。"在谈到他儿子的时候，弗格森脸上的表情变得和缓了许多。"这个孩子的残疾无论是谁看了都会同情的，他是小时候不慎被摔坏的，但是他很可爱、很招人疼。"福尔摩斯从桌上拿起昨天的信，反复读着。"弗格森先生，你家里还有别的什么人吗？""两个新来的仆人，一个名叫迈克尔的马车夫，另外，就是我们一家四口人及多罗雷思，梅森太太，只有这么多。"

"你结婚时还不十分了解你妻子吧？"

"那时我认识她才刚刚几星期而已。"

新探案

"侍女多罗雷思跟她多久了?"

"许多年了。"

"就是说,跟你相比,她更了解你妻子的性格?"

"是的,可以这么说。"福尔摩斯记了下来。"我认为,"他说道,"我应该到兰伯利去,此案需要我亲自调查。既然女主人锁上了卧室的门,我们在庄园是不会打扰她的。我们会住在旅馆里的。"弗格森显然松了一口气。"福尔摩斯先生,这正是我所希望的。如果你能来,恰好两点钟有一列火车从维多利亚车站出发,这列火车是很舒适的。"

"自然要去的。目前我刚好有时间,可以全力以赴解决你的问题,华生和我们一同去。不过,在此之前我还有两个问题。看来这位不幸的女主人对两个孩子都动武了,包括你的小儿子和她亲生的婴儿,是吗?"

"是的。"

"但是动武的方式不同,她对你前妻的儿子是殴打。"

"一次是用手杖,另一次是用手狠打。"

"她一直没有解释缘由吗?"

"没有,她只是说恨他,经常这样重复说。"

"这在继母也是常见的现象,大概来自于对死者的妒嫉吧。她嫉妒心强吗?""是的,她很妒嫉,她是用她那热烈的深情来表现妒嫉的。""你的大儿子已经十五岁了,既然他活动不便,他的智力应该发育得较早吧。难道他不曾向你解释被打的原因吗?""没有,他坚持说她毫无理由。""以前他和继母关系和善吗?"

"他们之间从来没有爱。"

"但是你说他是一个善解人意的孩子?"

"他是世上最忠诚的儿子,我就是他的生命。他对我的一言一行、一举一动都十分关心。"

福尔摩斯又记了下来,他沉思了几分钟。"再婚之前,你和儿子的

关系肯定很好,感情很深吧,你们经常在一起,对吧?""朝夕相处。""既然这个孩子很重感情,那么,他一定深爱自己已故的母亲了?""是的,很爱。""看来他一定是一个有趣的孩子。还有一个问题,对你儿子的殴打和对婴儿的吸血行为是同时发生的吗?"

"第一次确实如此。她好像突然中了什么魔,对两个孩子同时发泄怒气。第二次杰克挨揍时,保姆没说婴儿出了什么事。"

"这倒有点复杂。"

"我不明白你的意思,福尔摩斯先生。""我做了一些假设,有待时间或新的资料去一一印证。人总是有弱点的,我的这个习惯可能不大好,恐怕你的老朋友华生对我的侦查方法有些夸大其词。总之,目前我只能告诉你,我认为你的案件并不十分复杂,今天两点钟我们准时到维多利亚车站。"

在十一月一个阴沉多雾的黄昏,我们把行李在兰伯利的切克斯旅馆安排就绪后,就驱车穿过一条弯曲泥泞的苏塞克斯马路,来到弗格森那座地处偏僻而历史悠久的庄园。那是一座庞大的建筑,中心部分非常古老,而两翼又很新,有图德式的高耸烟囱和长满苔藓的坡度很高的霍尔舍姆石板瓦。门阶已经下陷,廊子墙壁的古瓦上刻有原房主的图像。房内的天花板由牢固的橡木柱子支撑着,地板凸凹不平。这座古旧的房子中,有着一股年深日久的腐气。弗格森把我们领进一间很宽敞的中央大厅,里面有一座很大的、罩着铁屏的旧式壁炉,上面刻有"1670"年的字样,里边的上等木块烧得正旺。

我四处打量,发现这屋子是一个不同时代和地域装饰的混合体。半截镶木墙很可能是十七世纪原农庄主搞的。在墙的下半部挂着一排颇有趣味的现代水彩画,而上半部却挂着一排南美的器皿和武器,显然这些器皿和武器是楼上那位秘鲁太太从故乡带来的东西。福尔摩斯带着强烈的好奇心,用神奇的眼睛仔细研究了这些东西,然后一脸沉思状坐下来。

新探案

"嘿!"他突然喊起来,"你看!"一只狮子狗本来卧在屋角的筐里,这时缓慢地、沉重地朝主人爬过去。它的后腿很迟钝,尾巴拖在地上,它在舔主人的手。"怎么啦,福尔摩斯先生?""这狗,它怎么了?""兽医也不明白具体是什么病。是一种麻痹,他说可能是脑脊髓膜炎。但它已逐渐好转,不久就会痊愈了。是不是,我的卡尔罗?"

狗轻轻地摇了一下尾巴以示赞同。它用充满伤痛的眼睛轮流看着我们,它似乎懂得我们在谈论它。"这病是突然得的么?""一夜之间。""多久以前?""大概能有四个月了。"虽然奇怪,但也能说明问题。""你觉得通过这病能得出什么结论,福尔摩斯先生?""它和我的设想不谋而合。"

"你究竟在说些什么呀?对你而言,这或许只是猜谜游戏,但对我却是万分重要!妻子可能成了杀人犯,儿子处在危险境地!福尔摩斯先生,请不要跟我开玩笑,这一切简直太可怕了。"

这个高个子中卫害怕得全身颤抖。福尔摩斯把手放在他胳臂上安慰他说:"总之,你必须接受残酷的事实,痛苦是不可避免的。放心吧,我会竭尽全力,尽我所能减轻你的痛苦。此刻我还不能下定论,但在我走之前我会给你一个水落石出的答复。"

"上帝保佑你!请二位见谅,我要到楼上看看我妻子,不知情况有没有好转。"他离开了几分钟,福尔摩斯利用这段时间再次带着浓厚的好奇心仔细观察。男主人回来后,其阴沉的脸色表明情况不妙。他身后跟着一位又高又瘦的黄脸女仆。"多罗雷思,茶点已准备好了,"弗格森说,"你好好照顾女主人,她想要什么就给她什么。""她病得很厉害,"侍女大声说道,两眼似两团火球般怒视着主人,"她根本不想吃东西。她病得很重,她最需要医生。我单独和她呆在一起感到害怕。"弗格森怀疑地看着我。

"愿意为你效劳。"

"你主人愿意见华生医生吗?"

"我领他去。我不需征得她同意,她需要医生。"

"那么我们马上上楼吧。"侍女激动得有些颤抖。我随她走上楼梯,进入一条古老的走廊,尽头有一座很厚实的铁骨门。我瞧着这门暗忖,如果弗格森想闯进妻子的房间可要着实费些力气。侍女从口袋里掏出钥匙,沉重的橡木门吱吱地打开了。我们走进来后,她回手把门锁上。

一个显然在发高烧的女子躺在床上。她半睡半醒,一见我进来,她立即抬起一双惊恐而柔美的眼睛,惶惑地瞪着我。见是陌生人,她反而放心地松了一口气。我走上前去说些安慰的话,然后开始诊脉和测量体温,她安然不动,极其配合我的工作。脉搏很快,体温也很高,但我诊断出这是神经性的,而不是感染性的热病。"她这样已经一两天了,我真怕她会死。"侍女说。

女主人那烧红的俊美的脸朝我转过来。"我丈夫呢?""在楼下,他想见你。""我不想见他,我不见他。"她似乎开始神志不清了,"狠毒啊,狠毒啊!我该拿这个恶魔怎么办啊!"

"我能帮你忙吗?""不,没人能帮我。完了,一切全完了。不论我怎么办,全都无济于事。"女主人一定是在胡言乱语,老实的弗格森怎么会是恶魔式的人物。"弗格森太太,"我说道,"你丈夫对你的爱很深,他因此事痛苦万分。"她那迷人的双眸再次转向我。

"不错,他很爱我,但我就不爱他吗?我如此地爱他,宁愿自己忍受痛苦,也不愿他左右为难,我是多么爱他啊。可是他是怎么想的怎么说的呢?""他万分痛苦,他不了解真相。""他虽然不能理解,但他至少应该信任我。""你想见见他吗?""不,不,我无法忘记他说的那些话和他脸上的那种表情。我不想见他,请你走吧。你无法帮助我,请你转告他,我想见我的儿子,我有权力这么做,我要对他说的只有这一句。"说完她又朝墙转过去,不再说一句话。我下了楼,弗格森和福尔

新探案

摩斯正坐在壁炉旁等着。在听我叙述会见的情况时,弗格森表情忧郁。"我怎么能放心把婴儿交给她呢?"他说道,"她如果再有奇怪的举动呢?我无法忘记那次她从婴儿身旁站起来的时候嘴唇上都是孩子的鲜血的情形。"他不寒而栗。"婴儿由保姆照看是最安全的,他必须留在保姆那里。"

一个年轻可爱的女仆端着茶点走进来,她是这座庄园内唯一摩登的人。她开门的工夫,一个少年走进屋来。他肤色白皙,头发浅黄,引人注目,有一双充满感情的浅蓝色眼睛,一看见父亲他眼里就闪出一种惊喜的光芒。他冲过去像热情的女孩一样,双手搂住他父亲。"爸爸,"他兴奋地叫道,"我要是知道你已经回来了,我早就在这儿等你了。我想你!"弗格森多少有点羞涩地轻轻拉开儿子的手。

"好孩子,"他轻抚着儿子浅黄色的头发说道,"我回来得早是因为我带回了我的朋友福尔摩斯先生和华生先生,他们愿意和我一起度过一个夜晚。""就是侦探福尔摩斯先生吗?""是的。"这个孩子用一种怀疑一切、不友善的眼光看着我们。"弗格森先生,你的那个小儿子呢?"福尔摩斯说道,"我们想看看他。"

"你叫梅森太太把小孩抱来好吗?"弗格森说。这个孩子迈着一种奇怪的、蹒跚的步伐走了,我从职业角度看,他患有脊椎软骨症。他很快就回来了,后面跟来一个瘦高瘦高的女人,怀中抱着一个可爱漂亮的婴儿,黑眼睛,金黄色头发,是撒克逊和拉丁血统的美妙融合。弗格森显然对他极其疼爱,把他抱到自己怀里百般爱抚着。

"这么可爱的孩子居然会有人忍心伤害他。"他一边自言自语,一边低头去看那天使般嫩白的脖子上的小小的红色伤痕。就在这一瞬间,我的视线凑巧投到福尔摩斯身上,发现他表情专注,他的脸似象牙雕塑般纹丝不动,他的眼睛从父子之间转向对面某物,充满了好奇。我顺着他的眼光望去,猜想他一定是在望着窗外那萧条的、湿淋淋的园子,而

半关的百叶窗遮挡了一切，什么也看不见，但他的眼光显然是在盯着窗子。然后他明白了似的微微一笑，眼光又回到婴儿身上。婴儿的脖子上有一小块伤痕。福尔摩斯默默不语地仔细检查伤口，最后他抓住了婴儿在空中摇晃着的小拳头。

"再见，乖乖。你生命之旅的起点是奇特的。保姆，我跟你说几句话行吗？"他和保姆在一边认真地谈了几分钟。我只听见最后一句是："你的顾虑马上就会消失了。"保姆似乎是个脾气有些倔强、少言寡语的人，她把婴儿抱走了。

"梅森太太人怎样？"福尔摩斯问道。"面似严肃，实则心地善良，而且疼爱这个婴儿。""杰克，你喜欢她吗？"福尔摩斯突然问男孩。孩子那表情丰富而善变的脸阴沉下来，他摇了摇头。"杰克这孩子爱憎分明，"弗格森用手搂着孩子说，"但我是他喜欢的人。"杰克满意地把头扎到爸爸的怀里，弗格森轻轻拉开他。

"自己去玩吧，乖孩子，"他说道，同时用爱抚的眼光追随着他出去，然后对福尔摩斯说，"福尔摩斯先生，我很抱歉让你空手而归，你除了给予我同情之外，还能解决什么问题呢？依你看，这一定是个复杂难解、奇特的案子。""奇特是确定无疑了，"福尔摩斯笑着说，"但我不认为多么复杂。我先是做了大胆推理，当推理一一被客观事实验证后，我可以毫不怀疑地说我已找到答案。其实，在离开贝克街之前我已得出结论，等待的不过是细致观察和最后证实罢了。"弗格森用大手按住皱纹很多的额头。"看在上帝的面上，福尔摩斯先生，"他焦急得声音都沙哑了，"既然你已得知真相，就讲出来吧，不要让我提心吊胆，牵肠挂肚了。我的处境如何？我该怎么办？不论你发现怎样的事实，我都要知道，我已做好心理准备了。""我当然会澄清一切，事情马上就会水落石出。不过，我希望你允许我用我的方式处理一切。华生，女主人身体怎么样？我们能见她吗？"

"她病得很重，但神志清醒。""很好。我们要当着她的面澄清事实，我

新探案

们上楼去见她吧。""但她不愿意见我。"弗格森大声说道。"她会的,"福尔摩斯说,他在纸上迅速写了一些字,"华生,还好你可以进去,请你把这张纸条转交给女主人。"

我走上楼去敲门,多罗雷思警惕地打开门,我把条子递给她。很快我听到屋内一声惊喜的高呼,多罗雷思探出头来。

"她愿意见他们,愿意听他们说。快叫他们上来!"她说。弗格森和福尔摩斯上楼来了。弗格森一进门就朝着床头奔了两步,但是他妻子用手止住了他,他失望地坐在一张沙发椅里。福尔摩斯鞠了一躬在他旁边坐下。女主人睁着惊奇的大眼睛看着福尔摩斯。"我想多罗雷思可以走开了,"福尔摩斯说:"噢,当然,太太,如果您想留下她我也不反对。好,弗格森先生,我一向很忙,事务繁杂,讲究简明扼要,速战速决。手术越快,痛苦越少。我首先要使你放心的是,你的妻子是一个非常善良、非常温柔和爱你、但却承受了极大冤屈的人。"弗格森高兴地站起来。

"福尔摩斯先生,如果你能证实,我一辈子都感激你。""我是要证实,但同时我也会伤害你。""只要你能证明我妻子的清白无辜,其他的我全不在乎。世界上一切别的对我而言都不及我的妻子重要。""那我就说说我先前的推理。吸血鬼的说法在我看来根本是不可能的,绝不存在。这种事在英国犯罪史中没有先例。但你确实亲眼目睹你妻子站在婴儿床边,嘴唇上沾满鲜血。""我亲眼所见。""但你难道从来不知道,吸吮淌血的伤口除了吸血之外还有别的可能吗?在英国历史上,有一位女王就是用嘴吸伤口的毒。"

"什么?毒?""你们是一个南美家族。在我看见你墙上挂的这些武器之前,我已经凭直觉感受到它们的存在,也可能是其他毒,但我最先想到的便是南美毒箭。当我看见了那架小鸟弓旁边的空箭匣时,我毫不怀疑,这正是我所期望的东西。如果婴儿被这种蘸了马钱子的毒箭致

伤，不即刻把毒吸吮出来是要丧命的。还有那条狗。如果一个人想要下毒，事先试试不是更可以万无一失吗？多么聪明，周全！狗本来不在我预料之中，但一看见我便了然于心了。

"现在你完全明白了吧？你妻子极端害怕这种伤害。她目睹了发生的一切，及时挽救了婴儿的生命，但她却没告诉你实情，她明白你深深爱你的儿子，怕你伤心啊。"

"竟然是杰克！""刚才你怀抱婴儿的时候我一直盯着窗户，因为他的脸清楚地映在了窗子的玻璃上，外面有百叶窗做底衬。我从他的脸上看到了一种骇人的嫉妒和残忍的报复心，那真是少见。"

"天呐！杰克！""弗格森先生，你必须直面残酷的现实，这无疑是痛苦万分的。正因为他对你的爱，一种病态、扭曲、夸张的爱，还有对他亡母的思念形成了他的动机，对这个可爱婴儿的恨充斥了他的全身心，婴儿的可爱健康正烘托出他的残缺。"

"我的天！这是真的吗？""太太，我说得对吗？"女主人将头埋在枕头里，正在哭泣，这时她泪眼朦胧地望着她丈夫："当时，我又怎能告诉你呢？鲍勃！我能想象得出你可能受到的巨大精神打击。我只有等待，等待别人来告诉你。当这位先生的条子上说他知道一切真相时，我兴奋得不得了，他仿佛具有某种神奇的力量。"

"可以让小杰克出外远航一年，这是对他身心俱佳的选择，我的建议就是如此。"福尔摩斯站了起来，又说，"太太，我还有一件事不明白。你打杰克的原因我们完全理解，母亲的容忍也是有限度的，但是这两天你怎么敢让婴儿离开你的视线呢？"

"我把实情告诉梅森太太了，她知道一切。"

"原来是这样，我想也是如此。"这时弗格森已经走到床前，两手颤抖，泣不成声了。"华生我想，咱们该退场了，"福尔摩斯在我耳边这样轻声说道，"你挽着忠实的多罗雷思的那只手，我挽这只手。剩下

的问题,让他们自行解决吧。"关于这个案子,我还想告诉读者朋友,那就是福尔摩斯给本篇开头的那封来函写了回信,全文如下:

贝克街　　十一月二十一日

有关吸血鬼事宜

敬启者:

十九日接到来函后我已调查了贵店顾客——敏兴大街,弗格森—米尔黑德茶业经销公司的罗伯特·弗格森所要求查清的案件,结局圆满。承蒙贵店引荐,特此致谢。

歇洛克·福尔摩斯敬启

三个同姓人

这个故事有悲有喜，一个人精神失了常，我则负了伤，另一个人受到了法律的制裁。究竟它是悲剧还是喜剧，读者们可以自行判断。这个时间我记得很牢，因为和福尔摩斯拒绝爵士封号的事发生在同一个月里，他要被封爵是因为立了大功，这件大功的来龙去脉将来某天我也许会写出来。封爵之事我只是随口谈谈，作为合作者我应学会谨慎行事，远离一切草率鲁莽的行为。但是正是这件事才使我记住了这个时间，即一九〇二年六月底，南非战争结束后不久。福尔摩斯一连躺了几天，这是他不时会有的行为。但一天早晨他却下了床，手里拿着一份用大页书写纸写的文件，严峻的灰眼睛里闪现出嘲讽。

"华生老兄，这儿有一个发财的大好时机，"他说道，"加里德布这个姓你听说过吗？"我说没有。"只要你能抓住一个加里德布，就能赚一笔钱。""为什么？""此事说来话长了，而且有点异想天开。我觉得在咱们所研究过的纷杂的问题里头，如此新鲜的事儿还没有过。这个家伙马上就要来回答咱们的问题了，所以一切等他到来之后再谈，但这个姓氏咱们必须查一查。"

电话簿就在我旁边的桌子上。我毫无信心地打开簿子慢慢地翻阅着，使我感到惊讶的是还真有这个奇怪少见的姓氏。我高兴地喊了一声，"在这儿！福尔摩斯，找到了！"他把簿子接过去。

"N. 加里德布，"他念道，"西区小赖德街136号。不好意思，华生，你可要失望了，他是写信者本人。咱们需要再找一个加里德布来匹配他。"这时，哈德森太太手拿托盘走了进来，上面放着一张名片。我

新探案

接过来看了一眼。"快来看，来了一个！"我惊奇地喊道，"这是另一个人。约翰·加里德布，律师，美国堪萨斯州穆尔维尔。"福尔摩斯一看名片就笑了。"但你还得努力找一个出来才行，华生，"他说道，"这位我也是知道的，只是没想到他今天早上会来。不管怎样，许多我需要知道的东西可以从他那里得知。"

一会儿，他就进来了。律师约翰·加里德布先生身材不高、强壮有力，一张圆圆的脸，气色很好，修饰整洁，就像许多美国事务家一样。他形象丰满，相当孩子气，是一个笑容可掬的青年。他的眼睛尤其特别，给人留下的印象非常深，我很少见到过这样一双如此清楚地反映内心世界的眼睛，那么明亮，那么敏锐，能够快速地反映出思想的细微变化。他的口音是美国式的，但并不怪。

"哪位是福尔摩斯先生？"他打量着我们俩。"不错，你的相片和你本人很像，福尔摩斯先生。据我所知，我的一个同姓者写了一封信给你，对吗？""请坐，"福尔摩斯说，"我跟你有许多要讨论的问题。"他拿起那沓书写纸，"你就是这里提到的约翰·加里德布先生喽。你到英国已有一段时间了吧？""你为什么这样问，福尔摩斯先生？"在他那富于表情的眼中我似乎看到了一闪即逝的怀疑。

"你浑身上下都是英国货。"加里德布勉强一笑，"我在书上看过你的大名，福尔摩斯先生，但没想到我成了你的研究对象。你怎么看出来的？"

"从你上衣的肩部，靴子的足尖部，我一看即知。""噢，我真的没注意到这些，几天前我来英国办事，因此，我的服饰几乎全是伦敦的。不过，你的时间是如此宝贵，衣服样式我们就不谈了。你手里的文件是怎么回事？"福尔摩斯在某方面使来访者不悦，他那孩子气的脸孔根本不像刚才那么随和了。"别着急，加里德布先生！"我的朋友安慰他说，"华生医生可以作证，这些话有时是很有用的。不过，内森·加里德布

先生怎么没同你一起来呢?""我真不明白他为什么要拉上你?"客人突然发起火来,"这事儿跟你一点关系都没有。原本是我们之间的一点事,但他竟然找来一个侦探!今天我见到他,他才告诉我干了这件蠢事,所以我才到这儿来。我觉得真倒霉!"

"这对你并不意味着什么,加里德布先生。这完全是由于他非常热心地想帮助你,我想事情对你俩而言都很重大,他明白我有获取信息的独特能力,所以他自然地找了我。"客人脸上这才渐渐由阴转晴。

"原来如此。"他说,"今早我一见他,他就告诉我找了侦探,我马上要了你的地址便赶了过来。我不需要警察插手此事,但如果你只是帮我们找出这个人,那倒不错。""确实如此,"福尔摩斯说,"先生,既然你来了,我想亲耳听你谈谈情况。我这位朋友还不了解详情。"加里德布先生用一种不友善的眼光打量着我。"让他知道有必要吗?"他问道。"我们经常合作。""好吧,也没什么秘密要保守的。我长话短说,把基本事实告诉你。如果你是堪萨斯人,你一定会晓得亚历山大·汉密尔顿·加里德布这个人。他是靠庄园发家的,后来又在芝加哥搞小麦仓库发了财,但他用全部的钱财购买了道奇堡以西的堪萨斯河流域的一大片土地,面积足有你们的一个县那么大,牧场、森林、耕地、矿区,一应俱全,这些都是他赖以大发其财的地产。

"他没有亲属后代,从没听说过有。但他十分自豪于自己的稀有姓氏,这就是促使他和我相识的缘故。当时我在托皮卡从事法律工作,有一天这个老头突然找上门来。由于又认识了一个姓加里德布的人,他乐得忘乎所以。他有一种怪癖,他想要认真地找一找,世界上还有没有别的加里德布了。'再为我找一个姓加里德布的!'他说。我告诉他,我很忙,没时间整日四处寻找加里德布们。'总之,'他说道,'要是情况按我的设想发展,你即使不想如此也必须去做。'我以为他是开玩笑,谁知不久以后我就发现,他的话是当真的。

新探案

"因为他说完这话不到一年就死了,留下一份遗嘱。它堪称堪萨斯州有史以来最古怪的一份遗嘱了。他要求把财产均分三份,我可以得其中一份,但有一个条件,就是我必须再找到另外两个姓加里德布的人分享那两份遗产。每份遗产是整整五百万美元,但必须是我们三个人一起分,否则分文不得动用。这是个百年难逢的大好时机,后来我就不干法律业务了,专门去找加里德布们。我走遍了全美国,没遗漏一个地方,但连半个影子也没看到。后来我就来到昔日的祖国碰运气,在伦敦电话簿上真的有他的姓氏。两天之前我找到他,告诉他这一情况。但他也和我相同,是孤家寡人,只有几个女性亲属,没有男子。遗嘱里规定是三个成年男子。所以你看,还缺少一个人,如果你能帮我们找一个,我们立刻给你报酬。"

"你瞧,华生,"福尔摩斯笑着说,"我说什么来着,是有点胡思乱想吧?不过,先生,在报纸上登启事最简单。"

"我早试过了,没有应征者。""哎呀!这事情真奇怪。好吧,我闲暇时帮你留意一下。对了,你是托皮卡人吧,我以前有个常通信的朋友也是托皮卡人,就是已故的莱桑德·斯塔尔博士,一八九〇年他当过托皮卡市长。""老斯塔尔博士呀!"客人说道,"他至今仍受人敬重。好吧,福尔摩斯先生,我目前所做的只是报告一下事情的进展情况。一两天内我可能就会有消息了。"说完,这位美国人鞠了一躬就走了。福尔摩斯已经点燃烟斗,他怪怪地笑了半天,沉默不语。"你怎么看?"我终于问他了。"我感到奇怪,非常奇怪!""有什么奇怪的?""我一直在纳闷,他跟咱们说了一大堆谎话到底有什么目的,我真想就这么问他——因为有时候单刀直入最有效——但我还是忍住不说,让他以为自己骗过了咱们。他身上磨了边的英国上衣和弯了膝的英国裤子穿了至少有一年,而信上和他本人却说他是刚到英国的美国外省人。寻人栏根本没登过他的启事,你知道我向来不放过那上面的任何信息的,那个地方

是我喜欢追猎的惊弓之鸟的藏身处。我从来不知道托皮卡有个什么斯塔尔博士,他破绽百出。我看他倒真是个地道的美国人,只不过虽在伦敦多年口音未变而已。那么他有什么阴谋诡计,假装寻找加里德布呢?这值得咱们多加注意,因为如果他是个恶棍,那也是个狡诈的家伙,现在咱们需要搞清另一位是真是假。给他挂个电话,华生。"

我挂了电话,听到电话另一端一个孱弱的声音说:"是的,我是内森·加里德布先生。福尔摩斯先生在吗?我想跟他说话。"我的朋友接过电话,我在一旁听着他们时断时续的谈话。

"对,他来过。我知道你以前不认识他……多久了?……才两天哪!……当然,这是极其诱人的一件事。你今晚在家吗?他今晚不会在你家吧?……那我们就去,我希望谈话现场没有他。……华生医生跟我一起去……听说你平常很少出门……好,我们六点左右到你家。不用告诉那个美国律师……好,再见。"

这是一个可爱的黄昏,连狭小的赖德街在晚霞斜照之中也呈现出金黄迷人的色调。这条街只是艾奇沃路的一个小分支,和我们记忆中不祥的泰伯恩相距非常近,加里德布先生的住宅是座旧式的宽敞的早期乔治时期的建筑,正面是平砖墙,只在一层楼上有两个凸窗。我们的主顾就住在一层,这两个窗子就在他的那间大屋的正面。我们找到了刻有那个怪姓氏的小铜牌。

"这牌子钉上有些年头了,"福尔摩斯指着褪了色的牌面说道,"看来这是他的真实姓氏,这一点值得注意。"房子里有一个公用的楼梯,门厅内标着一些住户的姓名,房间有的是办公室,有的是私人住宅。这不是一座居民楼,而是生活无规律的单身汉的聚居地。内森·加里德布先生亲自出来迎接我们,他道歉说女工四点下班走了。内森·加里德布先生是一个身材颇高、肌肉松懈、有点弯腰驼背、瘦削而秃顶、年纪六十出头的人。他脸色如尸,皮肤暗无血色,好像从不运动。他那大圆眼镜,山

新探案

羊胡子，加上他那微弯的肩背，呈现出一种窥视的好奇神态。虽说有点怪，但他给人总的印象是和蔼的。

屋子也古怪，像个小博物馆。房间很大，四周摆满了各种各样的柜橱，里面满是地质学和解剖学的标本。屋门两边摞着装蝴蝶和蛾子的箱匣。中间一张大桌上摆着零零碎碎的各种物件，屋中央耸立着一台高高的铜制大型显微镜。站在屋中，我深深地被此人的广泛兴趣给震住了。这儿是一箱古钱币，那儿是一橱古石器。房子中间的那张桌子后面则是一大架的古化石，上边陈列着一排石膏头骨，刻有"尼安德特人"、"海德堡人"、"克罗玛宁人"等字样。很显然，他爱好多种学科。他站在我们面前，手里还拿着一块小羊皮在擦一枚古钱。

"锡拉丘兹古币——属于最盛时期的，"他举起古钱讲解道，"晚期就衰退了。我称它们属于其全盛时期的最佳古币，虽然有些人更推崇亚历山大钱。福尔摩斯先生，这儿有椅子，来，把骨头挪走。这位先生——对，华生医生——请你把那个日本花瓶挪开。你们瞧，我的嗜好很多。我的医生总是奉劝我出去多活动，但这里有如此多的东西吸引我，我怎么会舍得出去呢？我敢断定，给一个柜橱的东西编一个正式点儿的目录，就要花三个月时间。"福尔摩斯好奇地东看西看。"你从来都不出去？"他问道。

"偶尔我乘车到撒斯比商店或克利斯蒂商店去，除此以外我极少出门。我体质比较弱，而我的研究又非常费时间。但是福尔摩斯先生，你能想象出我听说这个从天而降的大喜讯后，我是多么惊喜啊！这真是令人兴奋的意外啊。只要再有一个加里德布就行了，我们肯定能找到的。我倒是有过一个兄弟，但已过世，而女性亲属又不符合条件。但是世界上总能找到其他姓加里德布的人的。耳闻你专门处理奇异案件，所以便给你写了信。当然那位美国先生说得也对，我应事先征求他的意见，其实我完全出于好心。"

"我认为你做得极其明智,"福尔摩斯说,"不过,难道你真的想继承美国庄园吗?""当然不,世上没有什么东西可以使我离开我的收藏。但是那位美国先生担保说,事情一旦成功他就买下我的地产。他出五百万美元的价钱。我还有十多种收藏标本要买,但需要几百镑。我手头必须有几百万美元才能完全达成心愿。老实说,我的收藏品完全具有一个国家博物馆的基础,我可以成为当代的汉斯·斯隆。"他的眼睛在大眼镜后面闪闪发亮,看来他找同姓人会竭尽全力的。

"我们来访只是见见面而已,并不想打扰你的研究,"福尔摩斯说,"我向来习惯和主顾直接面谈。我想问你的问题不多,大部分情况已从你给我写的信中了解得一清二楚了,那位美国律师又进行了补充说明。据我了解,在本星期之前你根本不知道有这么一个人。"

"是的,他是上星期二来找我的。""他告诉你我们之间的会见了吗?""告诉了,他和你见面之后立刻回到我这里来了,他似乎很生气。""为什么?""他认为那是侮辱他的人格,但他从你那儿回来以后又变得高兴了。""他有什么行动计划吗?""没有。"

"他向你要过或从你那儿拿过钱吗?"

"没有,从来没有!"

"你知道他可能有什么目的吗?"

"没看出,除了他说的那件事。"

"你告诉他我们电话里的约会了吗?"

"我说了。"

福尔摩斯沉默了,我看得出他有些疑惑不解。

"你的收藏里有珍贵的东西吗?"

"没有,我不是一个有钱的人。我没钱,虽有许多收藏品,但也不值多少钱。"

"你不怕别人偷吗?"

新探案

"一点不怕。"

"你住这屋子有多少年了？""差不多五年了。"这时响起了笃笃的敲门声。主人刚一拉开门闩，那位美国人就兴奋地闯进来了。

"找到了！"他摇着一张报纸大声叫道，"我想我该马上告诉你。内森·加里德布先生，祝贺你！你发财了。咱们的事情圆满结束，万事大吉。至于福尔摩斯先生，我们只能说，让你白跑一趟了，真不好意思。"他把报纸递给主人，主人站在那里仔细看报上的大字广告。福尔摩斯和我也伸长脖子从他身后看去，上面登的是：

农机制造商霍华德·加里德布

经营捆扎机、收割机、蒸气犁及手犁、播种机、松土机、农用大车、四轮弹簧座马车及各种设备，承包自流井工程。

地址：阿斯顿，格罗斯温纳建筑区

"太好了！"主人兴奋地说，"这回凑够三个人了。""我曾在伯明翰做过调查，"美国人说，"我的代理人把这个刊登在地方报纸上的广告寄给了我。咱们必须抓紧行动把事情办完。我已经给此人写过信，告诉他明天下午四点钟你将到他办公室洽谈。""你让我去见他？"主人说。

"你看如何，福尔摩斯先生？你不认为这样安排更为妥当一些吗？我是一个身在异乡的美国人，我的故事过于离奇，人家无缘无故怎么会相信我呢？而你是一个交际广泛的英国人，他一定会看重你的。我是十分愿意和你一同前往的，但我明日非常繁忙。你若是在那边遇到什么难题，我会随时听从你的召唤的。"

"可是，我已多年没做如此之远的旅行了。""放心吧，加里德布先生，我已经为你筹划好了。你十二点动身，下午两点到，当天晚上就可以回来。你不过是和这个人见一面，说明情况，搞一张法律文件以证明存在他这样一个人。"他十分激动地说，"我是不远千里从美国中部来这里的，你只走

这么一点路去把事办完还有什么不妥的吗?"

"不错,"福尔摩斯说,"我也有同感。"内森·加里德布先生有点无可奈何,最后他耸耸肩说:"好吧,我只好照做。你给我带来了如此巨大的希望,我自然难以拒绝你的要求。""那就这么说定了,"福尔摩斯说,"然后尽快把情况告诉我。"

"我一定会,"美国人说,"哎呀,我得走了。内森先生,我明天上午来给你送行。福尔摩斯先生,你和我一同走吗?您还要再待会儿?那么,再见吧,请明天晚上静候佳音。"之后,我注意到福尔摩斯脸上的不解已逝,神色明了了。

"加里德布先生,我想看看你的收藏品,"他说,"我的职业需要各种生僻知识,它们总有一天都会派上用场的。这间屋子真是这类知识的宝库。"我们的主人听后颇为得意,一副大眼镜后面闪着光亮。

"我经常听别人说你很有才智,"他说,"如果你有空,我现在就带你观看一遍。""太不凑巧了,我现在没空。不过我看这些标本都有标签,也分了类,不用你讲解我也能看明白。如果我明天有时间,我想把它们看上一遍,可以吗?""当然可以,欢迎光临。明天我虽然不在,但是四点以前桑德尔太太在地下室,她可以放你进来。""也好,我明天下午刚好有时间,如果你能告诉桑德尔太太那就好办了。对了,你的房产经纪人是谁?"主人对这个突如其来的问题颇感奇怪。

"霍洛韦·斯蒂尔经纪商,在艾奇沃路。你为什么会想到这个?""我对房屋建筑也有些考古学上的知识,"福尔摩斯笑道,"你这座建筑是安妮女王时期的还是乔治时期的?""肯定是乔治时期的。"

"是吗?但我觉得还要古老些,不过没关系,这容易搞清楚。好吧,再见,加里德布先生,祝你此行成功。"房产经纪商的工作地点倒是不远,但已下班。我们又回到了贝克街的住处。一直到吃过晚饭,福尔摩斯才提起这个话题来。

新探案

"这个小问题已经结束了,"他说,"你大概也在头脑中形成答案了吧?""我还是很糊涂。"

"原因是很清楚了,结局还得等明天再看。你注意到广告的特别之处了吗?""我看到'犁'这个字拼错了。""华生,你也注意到了?你有进步了。那个拼法在英国是错的,但在美国是适用的。排字工人是照排的。还有'四轮弹簧马车',那也是美国的东西。与英国相比,美国的自流井更加普遍。总之,这是一个典型的美国广告,却自称是英国公司。你看这是为什么?"

"我认为,广告是那个美国人自己登的,但目的是什么我却猜不透。""解释可以是不同的。他是想把这位足不出户的老古董弄到伯明翰去,这是毫无疑问的。我本打算告诉老头儿不要空跑一趟了,但仔细一考虑还是让他去吧,腾出地方比较好。华生,明天一切都会清楚了。"福尔摩斯一大早就出去了,中午才回来,但他脸色阴沉。

"案子比我先前设想的要更严重,华生,"他说道,"我该告诉你实话,我告诉你以后你定是要随我去冒险了。多年相处,我当然了解你的秉性。但是我仍然必须告诉你,此行危险甚大。"

"这已不是我第一次与你共患难了,福尔摩斯。我希望这也不是最后一次。告诉我,这次到底有什么危险?""这是个相当棘手的案子。我已经查实了约翰·加里德布律师先生的真实身份。他原来就是'杀人能手'伊万斯,阴险狡诈,颇有名声。""我还是不明白。"

"当然,你的专业并不要求你整天去背诵监狱的大事记。我去拜访了警察厅的雷斯德老伙计。那里在技术的严格方面还是堪称一流的,尽管有时缺乏丰富的想象力。我想或许能在他们的档案记录里找到这位美国朋友的线索。果然,我在罪犯照片馆里找到了他那张幼稚的胖胖的笑脸。'詹姆斯·温特,又名莫尔克罗夫特,绰号杀人能手伊万斯',照片上就是这么写的。"福尔摩斯从口袋里掏出一个信封又说,"我从他

的档案里摘了一些关键的情况:年龄四十四岁,原籍芝加哥,据悉在美国枪杀过三个人,受某实权人物帮助而逃出监狱。一八九三年抵达伦敦。一八九五年一月在滑铁卢路的一家夜总会内因赌牌枪杀一人,致之死亡。事实证明伊万斯在这次争吵中最先动手。死者是罗杰·普莱斯考特,原为芝加哥著名的伪币制造者。伊万斯于一九○一年获释并一直受警方监视,但无犯罪行为。他是危险人物,常携带武器并善于使用武力。你看,华生,这就是咱们的对手,毫无疑问,他是个危险分子。"

"但他想搞什么鬼把戏?""会越来越明朗的,我方才见到了房产经纪人,他们说咱们的主顾在那里住了五年,此前房子曾有一年空着。再往前房客是一个无职业者,名字叫沃尔德伦,后来突然消失了,再无消息。房产商清晰记得他的长相,高身材,留着胡须,脸挺黑。而被伊万斯枪杀而死的普莱斯考特据警察局讲也是这个样子,可以设想,普莱斯考特原先就住在现在像博物馆似的屋子里。你瞧,总算有了一点线索。"

"下一步怎么做?""马上就会清楚的。"他从抽屉里拿出一把手枪递给我,"我带着我那把常用的旧枪。如果这位西部朋友真如他的绰号所言,咱们就必须小心防着他。我给你一小时休息时间,然后咱们就去赖德街。"

我们四点整到达内森·加里德布的古怪住处。看屋人桑德尔太太刚要回家,但她十分爽快地就让我们进去了。门上装的是弹簧锁,福尔摩斯答应她走时把门锁好。等桑德尔太太戴着帽子走出去后,这楼下就剩下我们俩了。福尔摩斯迅速检查了屋子。屋角有一个柜橱与墙之间有一点空隙,我们就躲在空隙里,福尔摩斯小声道出了他的打算。

"他的目的无非是把这位绝顶老实的朋友骗出屋去,只是这个老古董一向深居简出,所以颇不容易。编造的这一整套加里德布谎言完全是为了这个目的。我得承认,他编造的谎言相当狡猾,里面有一点鬼把戏,尽管房客的古怪姓氏的确带给他一个出乎意料的开端。""但他的

新探案

最终目的何在呢?""这就是咱们要等待的答案。据我观察,与咱们的主顾完全无关。这事和他枪杀的那个人有关系,那个人可能曾是他的同谋。我可以肯定的是,这间屋子一定藏有什么罪恶至极的秘密,开始我以为咱们主顾的收藏中可能有他未知的价值连城的东西。但是既然罪犯普莱斯考特曾住过这间房,事情就不会如此简单了。好吧,华生,咱们只有耐心等候,静观其变。"

时间飞逝。外面传来大门被打开的声响,我们在柜后躲藏得更加小心谨慎。接着有金属钥匙声,那个美国人进来了。他关上门,警觉地四处查看,然后脱掉大衣,胸有成竹地直奔屋子中间的桌子。他迅速把桌子推到一边,掀开地上的一个方地毯,然后拿出一个撬棍,开始狠撬地板。木板滑开了,出现了一个方形的洞。伊万斯这个号称"杀人能手"的美国人点燃一根蜡烛,进了那个地洞。

时机已到。福尔摩斯轻触我的手腕,我们两人一同蹑手蹑脚溜到洞口。尽管我们动作很轻,但我们脚下的老地板不合作,发出了响声,因为美国人的脑袋突然冒出洞口四处张望。他恼怒的脸转向我们时,渐渐转为一种自嘲的笑,因为他发现两支手枪指着他的脑袋。

"好,好,"他一面冷静地爬上来一面说,"你们是二比一啊,福尔摩斯先生。我猜最开始你就看穿了我的把戏,把我当猴儿耍。好,我服了,你赢了……"突然,他抽出一支手枪连放了两枪。我感到大腿上一热,仿佛烧红的烙铁贴在肉上一样。接着只听"砰"的一声,福尔摩斯已经用手枪砸中他的脑袋,他倒在了地上,血从脸上流出来,福尔摩斯从他身上搜走手枪,然后伸出结实的胳臂搂住我,扶我坐到椅子上。

"受伤了吗,华生?我的上帝,你可千万别受伤。"我要是得知在这表面冷如冰霜的面孔后面蕴藏着多么深厚的忠诚和友爱,我会觉得受一次伤,甚至是多次伤也是值得的。他那明亮坚定的眼睛有点湿润了,那坚定的嘴唇有点颤抖。这是唯一的一次,我看见他不仅有伟大的头

脑,也有伟大的心灵。我多年不受人关注而忠心如初的服务也就因此而得到补偿了。

"没事儿,福尔摩斯,只擦了一点皮。"他用小刀小心谨慎地割开我的裤子。"不错,"他放心地喊了一声,"是表皮受伤。"他把冷峻的脸转向俘虏,那犯人正努力地坐起来。"算你走运。要是你伤害了华生,你休想活着走出这间屋子。你还要说什么?"他没说什么,只是愤怒地瞪着眼睛。福尔摩斯搀扶着我,探头去看那已经揭去了暗盖的小地窖。伊万斯点燃的蜡烛还在洞内燃烧。我们看见一堆生锈的机器,大捆的纸张,一排瓶子,许多小包整齐地码放在里面的一张小方桌上。

"印刷机——造假钞的全套设备。"福尔摩斯说道。"不错。"伊万斯挣扎着坐到椅子上,"这是普莱斯考特的印刷机,他是伦敦最大的伪钞制造者,那些小包是伪钞,一百镑的足有两千张,各地都可使用,毫无破绽。先生们,你们拿走用吧。咱们公平交易,我可以走了吧?"福尔摩斯大笑起来。

"伊万斯先生,这不符合我们办事的原则。你在这个国家无处藏身。是你杀死普莱斯考特的,对不对?""是的,先生,本来是他先抽枪,但我还是被判了五年徒刑。而我应该得到的不是刑期,而是盘子大小的奖章。普莱斯考特的伪钞与英国银行的钞票几乎完全相同,常人无法辨别,如果我不除掉他,他能使伪钞充斥市场。我是唯一知道他在什么地方造伪钞的人,我到这儿来不是合情合理吗?我发现这个破烂儿收藏家,这个姓氏古怪的人死也不肯离开此地一步时,我只能设计叫他离去。这也不奇怪吧?我或许应该干掉他,这样倒是明智,容易许多。但我心肠软,除非对方有枪,否则我决不开枪打人。福尔摩斯先生,我没有错,我没动这个机器,我也没伤这个老古董。我犯了什么错?""但你蓄意杀人,"福尔摩斯说,"可是这不是我们的业务,马上会有人接手办理。我们要的主要是你这个善辩的人。华生,打给警察局。他们早已做好准备了。"

新探案

这就是有关杀人能手伊万斯以及他编造的三个同姓故事的梗概。我们听说那个老古董无法承受梦想幻灭的刺激而精神失常了,后来进了布利斯克顿的疗养院。普莱斯考特印钞设备被查出,这对警察局来说是值得庆贺欢呼的事情,他们虽然知道这套设备的存在,却始终没有发现它。伊万斯确实立了大功,使那些情报人员可以安稳睡觉了,因为这个伪钞机一直困扰着他们。他们几位倒是颇愿替伊万斯申请那个盘子大的奖章的,无奈法庭不同意,于是,这位杀人能手就又回到了他刚被放出来的地方了。

雷神桥之谜

我在查林十字街的考克斯有限公司的银行保管库里，有一个久经搬运、破烂不堪的锡质文件箱，我的姓名就刻在上面：约翰·华生，医学博士，原属印度部队。文件箱里满满的，几乎全是歇洛克·福尔摩斯先生在不同时期接手的案件的记录。其中有些耐人寻味的案件是有头无尾的，案子因而无法叙述出来，因为没有结局。研究者或许对无结局的疑难问题感到有兴趣，但一般读者却不可避免地感到枯燥无趣。比如詹姆斯·菲利莫尔案就属于这一类，这位先生回家去取雨伞，自此在世界上消失了。

还有一个案子，是小汽艇阿丽西亚号，它在一个春日的早晨驶入一小团雾气之中，就从此不见了，船上的人再也没有消息。再有就是伊萨多拉·伯桑诺案，他是一个著名的记者和决斗者，突然有一天精神完全失常，两眼死死地瞪着一个火柴盒，里面只有一个奇怪的无名的肉虫。涉及某些豪门贵族隐私的案件，如果将之公布于众则必将引起上流社会诸多人的恐惧。自然，我是绝不会做这种泄密的事的。对这个问题的处理就是把这些陈旧的记录加以清理和销毁。此外还有相当数量的案卷，趣味各不相同，本来我可以整理出版的，但我考虑到，过量的读物可能会影响我特别尊重的朋友的名誉，因而未曾整理。这些案子，有的我参与了，能够从目击证人的角度发言；有的我未曾参与，或仅稍稍问过，所以只能以第三者的身份叙述。下面这个故事是我的亲身经历。

那是十月的一个狂风肆虐的早晨。起床穿衣服时，我看到后院里屹然挺立的法国梧桐树残存的树叶被狂风毫不留情地卷走。我下楼去吃早

新探案

餐，心想我的朋友必是抑郁寡欢，正如所有伟大的艺术家一样，他的心情易受环境影响。然而出乎我的意料，他差不多已经吃完了早餐，心情异常欢快，雀跃之情溢于言表。

"有案子要办吧，福尔摩斯？"我问了一句。"推论法是很好学的，华生，"他回答道，"你也用推论法来探究我的心事了。不错，是有案子了。经历了一个月琐事的忙碌后，我又可以大展身手了。"

"我能参加吗？""这可能会让你失望了，但你吃完新厨子煮老了的鸡蛋后咱们可以一起谈谈。鸡蛋的火候和我昨天看的那本《家庭杂志》还真有点联系。上面说连煮鸡蛋这类小事情也必须注意时间，而这本优秀杂志上一般只登恋爱故事的。"一刻钟后我们吃完了饭，相对而坐。他从口袋里掏出一封信。

"你知道金矿大王奈尔·吉普森这个人吗？"他问道。"那个美国参议员吗？""对，他曾一度是西部某州的参议员，但更多的人只知道他是世界上最大的金矿巨头。""我听说过他。他在英国居住已有些日子了，其大名众所周知。""不错，他五年前在汉普郡买了一个很大的农庄。你知道他妻子已惨死了吗？""我想起来了，这就是他被媒体大肆议论的原因，但我不知道详情。"

"我也没料到我会接手此案，要不我早就弄好摘要了，"他指指椅子上的一沓纸，"其实，这个案子虽然轰动一时，情节却是简单明了的。被告的性格虽说让人有些喜欢，但也无法遮掩证据的确凿。这既是验尸陪审团的观点，同时也是警察法庭起诉的观点。该案现已移交温切斯特巡回法庭审理。我怕办这个案子费力不讨好，除非找到全新的、有力的证据，否则我的主顾胜算不大。"

"你的主顾？""哎，是这样。华生，我也被你那种糊涂的倒叙习惯给传染了。你看这封信。"

他递给我一封笔迹粗犷豪放的信，上面写的是：

福尔摩斯探案全集

克拉里奇饭店　十月三日

福尔摩斯先生亲鉴：

　　我实难忍受眼看着世界上最善良的女人走向死亡而无动于衷。我无法做出合理解释，也不想解释，但邓巴小姐是无辜的。你知道事实经过——世人都已知道，此事已成全国的新闻。但却没人站出来为她主持公道！正是这种不公几乎使我发疯。这个女人心地极善，连一个苍蝇也不忍心杀死。我将于明日十一时来访，不知能否在黑暗中寻出光明。也许我已掌握什么线索而自己却浑然不觉。但不管怎样，我所知道的一切，我所有的一切，甚至我的生命，都可以为你所用，只要你能救她。尽你生平所有能力来办理此案吧。"

奈尔·吉普森谨启

"你看，就是这封信，"福尔摩斯把抽完的一斗烟的烟灰敲了出来，又慢慢装上一斗烟丝，"现在我正在等他。至于情节，我们短时间内不能阅读如此大量的报纸，如果你对本案有逻辑方面的兴致，我可以简要地为你说明一下。这个人，依我看是世界上最有势力的金融大亨，同时也是性情最为狂暴和最令人望而生畏的人物。他的妻子，也就是这次悲剧的牺牲者，已经步入中年，和家中两个孩子的女家庭教师的年轻可爱相比，她的弱势更是明显，相差很悬殊。这三人是主角，地点是一所古老的庄园府邸，那原是英国政治历史的中心。悲剧的经过是这样的：女主人在离宅子近半英里的园地上被一颗手枪子弹打穿了大脑，时间是夜晚，她身着晚礼服，戴着披肩。现场附近没有发现武器，也没有任何谋杀的线索。身边无武器，注意这一点，华生。谋杀好像是在夜晚进行的，尸体于十一点钟被护林人发现，在搬动之前警察和医生检验过尸体。这么

新探案

说你能听明白吗?"

"听得很清楚,但为什么怀疑女教师?""首先,证据确凿。在她衣橱的底板上发现一支少了一粒子弹的手枪,口径与尸体内的子弹完全吻合。"这时他两眼直视,拉长了字音重复道,"在她衣橱的底板上。"然后他又沉默起来。我看出他脑海中的思维瞬间活跃起来,打断他是鲁莽的。突然,他又清醒过来。"是的,发现了手枪。两个陪审团都定了她的罪。其次,死者身上有一个纸条,与她相约桥头会面,署名者是女教师。这回动机明确了吧?吉普森参议员是一个有魅力的男子。如果他妻子死了,无疑这位从多方面看都早已得到男主人青睐的年轻女士是最有希望继承她的一切的。爱情,财产,地位,这一切都可以导致一个中年女人的死。恶毒,真恶毒!"

"确实如此,福尔摩斯。""还有,她没有不在犯罪现场的证据,反而承认在事发前不久她到过雷神桥——悲剧的发生地点。她不能否认,因为过路的村人在那个地方看见她了。""如此看来,案子可以定了。""但是,这座桥是一座有石栏的宽石桥,建在一湾又深又长、岸边长满芦苇的池塘的最窄最细之处,池塘叫雷神湖。事实就是桥头横着尸体,这就是基本情况。不过,我看是咱们的主顾提前来了。"

毕利已经开了门,但来者自报了姓名。马洛·贝茨这个人我们都不认识,他的到来出乎我们的预料。他是一个瘦削的、神经质的人,眼神惊恐,举止急促而犹豫,凭我这个医生的眼光来看,是一个神经即将崩溃的人。

"你太激动了,贝茨先生,"福尔摩斯说,"请坐,我们的时间有限,因为我十一点钟有个约会。""我知道,"来访者气喘吁吁地说,间断地进出简短的句子,"吉普森先生快来了。他是我的主人,我是他农庄的经理。福尔摩斯先生,他是一个恶霸,一个大恶霸。"

"你的语气太强烈了,贝茨先生。"

"我必须加强语气,因为时间很紧急。我绝不能让他发现我在这儿。他马上就到了。但我没法再提前赶来,我今天早上才从他的秘书弗格森先生那儿知道他约你谈话的事。"

"你说你是他的经理?""我已提出辞职,再过一两个星期我就不再是他的奴隶了。他心肠冷酷,对谁都如此。他对慈善事业的捐款不过是为了掩饰他的罪恶行径。他的妻子最可怜,是他的牺牲品。他对她特别凶残!她的死因我不知道,但我敢说一定是他使她生活得十分悲惨。她是热带巴西人,你当然知道的。""我没有听说过。"

"她在热带出生,性格也是热带式的,热情似火,富有激情。她就是以这种热情爱他的,但当她红颜日渐消退时,她不仅得不到他的爱,反而得到的是他的冷酷。我们大家都热爱她,同情她,痛恨他对她的恶劣态度。但他能花言巧语,他异常奸诈。千万别被他的花言巧语所迷惑,他有一肚子坏水。好了,这就是全部。我走了。不!不要留我!否则他会看见我。"客人惊恐地看了一眼钟表,迅速跑出去了。

"你看看,这是什么事?"福尔摩斯停了一会儿说道,"吉普森先生的手下看来对他妻子很忠诚,但是警告还是有用的。现在就等他本人了。"十一点整,楼梯上响起沉重的脚步声,这位名盛一时的百万富翁被让进屋来。见了面,我立时清楚了他的经理对他的恐惧和憎恶,而且也明白了他的无数商业对手对他的诅咒。如果我是一名雕塑家,想雕塑一个成功企业家的形象,一个具有钢铁意志而冷血无情的人物,选择奈尔·吉普森先生做模特真是最佳不过的了。他那瘦骨嶙峋且高高的身材,给人一种贪婪之感。如果把亚伯拉罕·林肯形象的高贵之处替换成卑琐,则有几分像他了。他的脸棱角分明,冷酷无情,似用花岗岩雕成,皱纹深深,伤痕累累,表现出生平经历过无数危难。他那冰冷的灰眼睛精明地闪亮,来回地看着我们俩。当福尔摩斯介绍我的名字时,他微微欠身,然后威严镇定地拉过一把椅子,坐在我朋友的对面,四膝几

新探案

乎相碰。

"福尔摩斯先生,我开门见山地说吧,"他张口便说,"我绝不在乎办案的费用。你甚至可以用钞票做火把,如果你想照亮真理的话。这个女子是清白无辜的,她的冤屈应该得到洗刷,这就是你的责任。说吧,你要多少?""我的报酬有固定标准,"福尔摩斯冰冷地说,"我绝不随便变更,除了有时免费。""好吧,如果你对金钱不在乎,那么名望呢?如果你办成这个案子,全英国和全美国的报纸都会对你大加赞美,你会成为两大洲的新闻人物。""多谢,吉普森先生,我不想出名。我宁愿隐姓埋名地工作,对此你可能感到不可理解。我只是不想浪费时间说这些问题。讲事实经过吧。"

"我认为报纸已经写出了所有的要点,我恐怕也提不出什么新的东西来帮你的忙。不过,如果有什么情况你还想知道,我可以谈谈。"

"那么,只有一点。"

"什么?"

"你和邓巴小姐的真正关系到底是什么?"黄金大王惊慌地站了起来,随即又恢复了他的镇静自若的神态。"不错,你有权力问这样的问题,你在履行职责,福尔摩斯先生。""我同意你这么说。""那么我向你保证,我们的关系完全是雇主与一位年轻女教师的关系,并且说话都是当着孩子的面。"福尔摩斯从椅子上站起身。

"我很忙,吉普森先生,"他说,"我没有时间也没有兴趣进行无聊做作的谈话。再见吧。"客人也站了起来,他那魁梧、肌肉松弛的身躯居高临下地对着福尔摩斯,双眼冒出一股怒火,灰黄色的两颊出现了红晕。

"你在说什么,福尔摩斯先生?你不想办理我的案子吗?""这个么,至少我拒绝的是你。我相信我的话说得已经再清楚不过了。""很清楚,但弦外之音是什么?提高价钱?怕谁?还是别的?我有权要求你

作出解释。""你可能有权,"福尔摩斯说,"我来解释。这个案子本身已经够复杂了,不能再用错误的事实雪上加霜。"

"你的意思是说我在撒谎?""我已经尽量委婉了,如果你坚持要用那个字眼来表示,我也不反对。"我也跳起来,因为我发现这个富翁的脸上表露出一种凶残至极的表情并高高举起了他那巨大的拳头。福尔摩斯无所谓地微笑着去拿烟斗。"稍安毋躁,吉普森先生。我认为饭后小小的争吵是有碍消化的。我想,你不妨到外面散散步,安静地思考一下,这对你是有好处的。"

黄金大王终于不悦地抑制住了自己的怒火。他的自制力令人佩服,转瞬间他的盛怒已转为冷漠。"好吧,悉听尊便吧。你知道怎样处理自己的业务,我无法强迫你办这个案子,但你应该识时务些,你今天的所作所为对你没有好处。福尔摩斯先生,比你再强大的人,也是我的手下败将,与我作对,没有好下场。"

"这种话我已经习以为常,我依然如故。"福尔摩斯微笑着说,"好,再见,吉普森先生。你需要学的东西还很多。"客人愤然走了出去。福尔摩斯仍安然地吸着烟,凝视着天花板。

"你怎么看,华生?"他终于问道。"这个么,老实说,既然他是一个能够残酷地除去有碍自己的人,可见他的妻子就会成为他的牺牲品,就如刚才贝茨先生坦率地向我们指出的那样,那么……"

"不错,我也这样看。"

"但他和女教师的关系你是怎么看出来的?""我诈他的,华生,诈!我看出他那封信的语气是急切的、不正常的,有悖于他那不动声色的自制力,他显然是动了真情,而且是为了被告而不是为了死者。要想了解真相,必须搞清三人的关系。你看到我刚才单刀直入地向他进攻,他是多么冷静地应战。后来我诈他,给他造成一种错觉,仿佛我百分之百知道,而实际上我只是十分怀疑。"

新探案

"他会回来吗?""一定会回来的,一定会。他不会这么轻易地放手。听!门铃在响,是他的脚步声。啊,吉普森先生,刚才我们在谈论,说你要回来了。"黄金大王回来时的神色比走时安静了许多,在他愤然的眼睛里还有着受了伤的骄傲,但理智告诉他,"识时务者为俊杰",要想达到目的必须后退一步。

"我又想过了,福尔摩斯先生,我觉得刚才误解你的意思了,这很鲁莽。你的确有权知道事实真相,不管事实是什么,对这点我尊重你的意愿,但我与邓巴小姐的关系与这个案子真的没有关系。"

"这应由我决定,对吧?""是的,我想是这样。你就像一个外科医生,你要先知道一切症状,然后才能确诊。""完全正确。确实,一个病人如果不告诉医生真实病情,他就是别有用心的。""也许如此。但是,福尔摩斯先生,在别人毫不客气地要某人回答和某个女人有什么关系时,大多数人总是心存戒备的,尤其是两个人之间有真实感情的情况下。每个人在他的心灵深处都有一些私人的空间,不愿被别人所知,而你突然冲进来,所以我一时很难接受。你的出发点是善意的,你要救她,我可以理解。既然墙已推倒,我也不便隐瞒什么,你就随便问吧。你想知道什么?"

"事实。"黄金大王稍微犹豫了一下,如同平时整理思绪时的表现。他那冷酷而布满皱纹的脸显得更加忧郁而阴沉。

"我可以长话短说,"他终于说道,"有些事情说起来真是有苦难言。挑重点说吧。我是在巴西淘金的时候遇见我妻子玛丽亚·品脱的,她是一个马诺斯官员之女,艳若桃李,当时我们的感情很热烈,即使今日冷静回顾,我也认为她当时是一个少见的美人。她性格深沉,热情似火,坚贞不渝,易于冲动,这种热带性格、气质与我所熟识的美国女子截然不同。总之,我爱上了她并娶了她。经过几年的生活,浪漫的诗意渐逝,我才认识到我们完全没有共同语言。我的爱冷却下来,如果她也如此,

"一切都好办,但是你知道女人的本事吗?不管我怎么样也改变不了她对我的感情。我冷淡她,甚至如某些人说的那样残酷对待她,因为我知道如能破坏她的爱或使它变成恨,那对我们都有好处。但她一如既往,仍然深爱着我,如同当年在亚马逊河岸一样。我用尽了心机,她依然那样崇拜我。

"这时,邓巴小姐出现了,她应聘成为我们孩子的家庭教师。你一定在报纸上见过她的照片,她也是公认的美女。我不想装作虚伪、高尚的样子,我承认与这样一个女子在一座房子里生活,经常接触,不可能不对她产生强烈的好感。你责怪我吗,福尔摩斯先生?"

"你这样想我不怪你,但如果你向她表白,那你就不对了,因为可以说你是她的保护人。""也许是这样,"这位富翁说,但福尔摩斯的话显然又激起了他眼中的怒火,"我不装作很高尚,恐怕我这一生都是一个随心所欲的人,而我最需要的就是爱这个女人,拥有她。我就这样告诉她了。"

"哼,你真的做了?"福尔摩斯一旦生起气来,那样子是骇人的。"我告诉她,如能娶她,我一定娶她,但我目前还不能。我说我有很多钱,只要她能快乐,我可以做任何事。""慷慨得很。"福尔摩斯嘲讽地说道。"看,福尔摩斯先生,你应该明白我的目的是请教你探案问题的,而不是道德问题。我没有征求你的批评意见。"

"正是因为这位年轻女士才使我接手此案的,"福尔摩斯厉声说,"我认为她被指控的罪状绝不比你所说的事更坏。你企图侮辱一个寄人篱下的弱小女子。你们这种仗势欺人的人就应该受点教训,叫你们知道并不是所有的人都会被你们收买来解脱你们的罪过的。"出人意料地,黄金大王竟然不动声色地接受了这顿训斥。

"如今我自己也觉得是这样。我感谢上帝,我的计谋没有成功。她绝不接受钱财,本来打算当即就要辞职离开的。"

新探案

"为什么没走呢?""首先是有人靠她生存,放弃工作、置他们于不顾在她来看是不可忍受的。而且我发誓绝不再骚扰她,她才答应留下来。第二个理由是她心里非常明白她对我的影响力,并且知道这种影响力比世上任何别的都更强有力。她是物尽其用,想利用她的优势做善事。"

"她是怎么做的?""这个,她知道我的业务。福尔摩斯先生,那是非常庞大的业务,其庞大也不是一般人所能设想的。我可以建设也可以破坏,但通常我惯于破坏,不仅是毁坏个人,还可以毁坏集团、城市,甚至国家。办企业是一种极其残酷的竞争,胜者为王,败者为寇。我向来全力以赴。我不会喊痛,更不在乎别人喊痛。她则有她自己的看法,或许她是正确的。她认为一个人的额外财富不应该建立在一千个人忍饥挨饿的基础上。她是这样看的,我相信她的目光能透过金钱看得更长远。她认为我肯听从她的话,通过影响我的思想和行为,可以为大众做善事,所以她最终决定留下。后来就发生了那件事。"

"你是怎么解释这件事儿的?"黄金大王沉默了一会,两手托腮,沉思不语。"我只能说,这件事对她极为不利。女人也的确拥有自己的内心生活,超越男人的理解。最初,刚一出事,我吓了一大跳,我甚至认为她是因失去了理智而做出这样的事。我脑子里有一个想法,不管真假与否,我要如实告诉你,我妻子无疑是嫉妒心极强的女人。世界上有一种妒嫉是针对精神关系的,它比肉体关系的妒嫉更可怕。虽然我妻子没有理由妒嫉我和女教师的关系,我想她确实感到这位英国姑娘对我的言行施加着一种她所不及的影响力。虽然这是一种好的影响,但也于事无补。她发疯似地恨着邓巴小姐,她血管里始终流着亚马逊悍妇的血液。她可能想杀死邓巴小姐,也许是用枪威胁她离开我们。二人可能发生扭打,枪走了火,我妻子就被自己打死了。"

"这种可能我早已想过,"福尔摩斯说,"这可以说是唯一摆脱蓄意

谋杀罪名的解释。""但她对此完全否认。""否认并不等于证据,一个受了惊吓的女人也许会糊涂地手里拿着枪回了家,甚至可能把它和衣服扔在一起。这一切她都不知道,当枪被查出来时她可能矢口否认以示清白,因为面对实证,有口难辩。你凭什么来推翻这个假设呢?""邓巴本人。""也许吧。"福尔摩斯看了一下表,"也许我们今天上午就可以获得必要的许可证,这样当晚就可以到达温切斯特。虽然我不能保证使你满意,但等我一见过这位年轻女子后,我一定会在此事上做出判断。"

在取得官方许可一事上稍有耽搁,所以我们当天并没有去成温切斯特,而去了汉普郡奈尔·吉普森先生庄园里的雷神湖地区。他本人没有陪我们同去,但他给了我们萨金特·科文特里警官的地址。他是最初检查现场的地方警察,是一个面色白皙、高高瘦瘦的人,神态有点诡秘,似乎知道许多不敢说的东西。他还有一个毛病,有时突然把音量放低,似乎在说什么重大事情,其实都是平平常常的话。但透过这些表面现象,他很快就可以表明他的正派与诚实,他不是那种自以为是而不愿承认自己能力有限需要帮助的人。

"不管怎样,我希望你来,也不愿苏格兰场派人来,福尔摩斯先生。"他说,"苏格兰场一插手,成功了,地方警察也没有荣誉;失败了,我们却成了替罪羊。而我听说你这个人很公道。"

"我向来匿名,"福尔摩斯对大为宽心的警官说,"即使我解决了疑难,我也不愿我的名字被公诸于众。""我可以肯定你非常大度,你的朋友华生先生也如此。那么,福尔摩斯先生,咱们边往那边走,边说一个问题,我不想别人知道。"他向四处张望着,仿佛不敢说似的,"你不觉得这案子可能对吉普森先生本人不利吗?"

"我想过这点了。"

"你没有见过邓巴小姐。她在各个方面都是一个非常优秀的女人。吉普森先生可能想使邓巴小姐代替他妻子的位置,他们美国人更愿意用

新探案

枪的。手枪可是他的。""证实了吗?""证实了,那是一对手枪中的一支。""一对中的一支?另一支呢?""他的武器五花八门,与这支完全一样的目前还没有找到,但枪匣是装一对枪的。""如果真的一共有两支,另一支总应该能找到吧!""我们把枪都摆在他家里了,你可以去看一看。""以后再说吧,咱们还是先去看现场。"

从这里走半英里路,也就是穿过了秋风萧瑟、布满金黄色衰败的羊齿植物的草原,我们看到了一个通往雷神湖的篱笆门。顺着雉鸡禁猎地的一条小路来到一块空地上,土丘顶上那座弯弯曲曲、半木结构的住宅映入我们眼帘,都铎王朝风格和乔治王朝建筑风格平分秋色。在我们旁边有一个狭长而生满芦苇的小湖,中心部分最窄。一个石桥穿过湖面,湖的两翼有一些小池沼。警官在桥头停下来,告诉我们说:"吉普森太太的尸体就在这儿。"

"尸首没有被移动过吗?"

"没有,他们一发现就把我找来了。"

"谁去找你的?"

"吉普森先生。在有人大呼出事时,他和别人一起从宅子里跑出来,是他告诉别人在警察到来之前不许动任何东西的。"

"他很明智。我从报纸上得知枪与伤口的距离很近。"

"是的,很近。"

"是靠近右太阳穴吗?"

"枪口就在太阳穴边上。"

"尸体是怎么倒下的?"

"仰面。没有打斗挣扎的痕迹,一丝痕迹都没有,也没有武器。她左手里还紧紧攥着一张便条,是邓巴小姐写给她的。"

"手里攥着?""是的,我们很难扳开她的手指。""这一点非常关键,这证明不是在她死后有人故意放的条子。听说,纸条写得很短:

福尔摩斯探案全集

我将于九时到达雷神桥。

格·邓巴

"是这样吗?"

"是的,福尔摩斯先生。"

"邓巴小姐承认是她写的纸条吗?"

"是的,她承认。"

"那么这件事她如何解释?""她准备在巡回法庭上进行辩护。她现在什么也不说。"

"这个案子的确复杂得很。便条的用意非常含糊不清。"

"不过,"警官说,"如果让我说,我认为在整个案情中便条的含意是唯一明确的。"福尔摩斯摇了摇头。

"假设一下,纸条真是她写的,它当然是在一两个小时之前收到的。值得怀疑的是为什么死者手里还攥着纸条呢?她在会见中总不用去看条子吧?你不觉得很奇怪吗?"

"嗯,它确实有点怪。""我需要坐下来安静地考虑一下。"说完他就坐在石栏杆上。同时他那警觉的灰眼睛向四周不停地看着。突然,他跳起来,冲到对面栏杆跟前,掏出放大镜查看起来。

"真奇怪。"他说道。"是的,栏杆上的凿痕我们也看见了。是过路人凿的吧?"

石头是灰色的,但露出白色的缺口,只有六便士硬币那么大。仔细辨别,可以看出是猛击之类的痕迹。

"只有猛烈的撞击才能出现这样的结果。"福尔摩斯若有所思地说。他用手杖使劲敲了几下石栏,却丝毫没有留下痕迹。"果然是猛击造成的,而且选在一个奇怪的地方,是在栏杆下方,而不是上方。""但这

新探案

里离尸体至少有十五英尺。""不错,是有十五英尺。可能与本案毫无关系,但还是值得注意。好吧,这个地方也没什么值得看的了。你说,附近没有发现脚印吗?"

"地面像铁板似的硬,福尔摩斯先生。不可能留下任何痕迹。"

"那我们走吧。先到宅子里去看看你说的那些武器,然后到温切斯特去,但我现在最想见的就是邓巴小姐。"

我们到他家时,吉普森先生还没回来,却见到了上午来访问过我们的那位神经质的贝茨先生。他带着一种复杂的表情领我们看了他雇主的那些可怕的多种多样的武器,这些都是主人在冒险生涯中积累的东西。"吉普森先生有不少敌人,凡是了解他个性的人对此都不会感到奇怪。"他说,"他每天睡觉时床头抽屉里总有一支子弹上了膛的手枪。他性格狂暴,我们大家都怕他。我们过世的夫人时常被他吓坏。"

"你看过他对她大打出手吗?""那我倒没看见,但我听见他说过相当卑鄙的话,那是残酷和侮辱的言词,与动手不相上下,甚至当着佣人的面。"

"这位黄金大王在个人生活方面似乎缺少手段,"当我们走在去车站的路上时,福尔摩斯这样说,"你看,前前后后咱们掌握了不少事实,但我眼下还是无法下定论。贝茨先生显然憎恶他的主人,我从他的话中得出的事实却是:发现出事的时候吉普森确实是在书房里。八点半晚餐结束,到那时为止一切都很正常。发现出事的时间是在夜里,但事件却是在条子上写的那个时刻发生的。没有任何证据能够表明吉普森先生自下午五时从城里归来后曾到过户外,而邓巴小姐却承认曾和吉普森太太相约于桥上会面。除此以外她一言不发,因为她的律师劝她保留自己的辩护词等待开庭。我有几个极重要的问题需要问她,不见她我放不下心。我只能承认,除一点外,这个案子对她是非常不利的。"

"哪一点,福尔摩斯?"

"就是在她衣橱里发现手枪。"

"什么!"我吃惊地说,"我一直以为这是对她最不利的证据!"

"不是,第一次读到这一点时我便感到有些奇怪,现在熟悉案情之后更觉得它不同于其他证据,我们目前需要的正是不自相矛盾,只要是自相矛盾就说明有问题。"

"我不明白。""那好,华生,就设想你是一个预谋要杀死情敌的女人。你已经预先计划完毕,万事俱备,写好纸条,对手到来,拿起手枪,杀死她,一切干得都很利索。做了如此巧妙的案子后难道你会干出极愚蠢的事,你不把手枪扔到身边的苇塘里去消灭证据,反而谨慎地把枪带回家,甚至放在明知必将受到搜查的衣橱里?我说,华生,了解你的人大概不会说你是一个聪明的人,但即使是你也不会干那么愚蠢的事吧。""也许感情一时冲动……""不可能,绝对不可能,这种可能不成立。如果犯罪是事先策划好的,消赃灭迹也必是早已筹划过的。所以,这件事大概给人们造成了严重的错觉。"

"但你的观点还需要大量的证据。""这正是我们目前需要解决的。一旦你转变了观点,原来最不利的证据也就变成引导我们发现真相的线索了。拿手枪来说吧,邓巴小姐说她根本不知道手枪。按照咱们的设想,她说的是真话。所以,手枪是被别人放到她的衣橱里的。究竟是什么人干的呢?一定是那个想要栽赃嫁祸的人。那个人不就是罪犯吗?你瞧,咱们一下子就接近了一条重要的线索。"

那天晚上,我们只得在温切斯特过夜,因为手续还没有办好。第二天早晨,在那位刚刚出人头地的辩护律师乔埃斯·卡明斯先生陪同下,我们获准到监狱里看望邓巴小姐。因对她早有耳闻,我早已做好心理准备去见一位绝色美女,但相见之下她给我的印象仍是难以忘怀的,我能理解那位令人望而生畏的黄金大王竟然在她身上发现了比他自身更为坚强有力的东西,一种能够影响和引导他的生活的力量。当你凝视她那坚

新探案

毅刚强、线条清晰却极其敏感的脸时,你会觉得,尽管她也会做出冲动之事,但她的天性中潜藏着一种内在的高贵,总会使人对她产生好感。她肤色稍黑,身材苗条,神情端庄而脱俗。然而她那双黑眼睛里却满是一种无助与哀伤,犹如落入埋伏的惊恐的小鹿。当她得知前来看她帮助她的是大名鼎鼎的福尔摩斯时,她那苍白的双颊泛起了一丝血色,向我们投来的目光也带有一丝希望之光。

"也许奈尔·吉普森先生已经对您讲过我们之间的情况了?"她低声激动地问道。"是的,"福尔摩斯答道,"那些难言之隐你就不必再说了。见到你之后,我确定吉普森先生说的是实话,不论关于你对他的影响还是你们的纯洁关系。不过,这些情况你为什么不在法庭上澄清呢?""本来我不认为指控会成立。我以为只要我们耐心等待,一切都会澄清,我们不用去讲那些难以启齿的家庭细节,谁料现在不但没有澄清反而更严重了。"

"我的小姐,"福尔摩斯急切地大声说道,"你千万不要对此抱有任何美好的幻想,卡明斯先生会告诉你,全部情况对我们极其不利,我们必须竭尽全力才能获胜。如果说你没有危险,那才是自欺欺人,你一定要尽全力帮我搞清真相。"

"我绝不隐瞒任何情况。""那请你讲讲和吉普森太太的关系。""她恨我,福尔摩斯先生。她用她那打上热带性格烙印的狂热恨着我。她做事向来彻底,她对她丈夫爱到什么程度,也就对我恨到什么程度。她可能曲解了我和他的关系。我不愿说她的坏话,但她那种强烈的、火一般的爱只是肉体上的,无法正确理解我和她丈夫之间的关系,那是一种理智上的,甚至是精神上的联系。她也想不到我只是为了能对他有所影响才留下来的。现在,我终于感觉到自己错了,我根本没资格留下来,因为我无法快乐,而只是悲哀。虽然可以肯定,即使我离开,这种不快乐也不会消失。"

"邓巴小姐,"福尔摩斯说,"请你详细地给我们讲一讲那天事情的经过。"

"我可以把我所知道的告诉你,但我无法对此加以证实,另外有些情况——而且是极其重要的——我既不能解释也想不出有什么办法可以解释。""你要做的就是说明事实真相,也许别人可以解释。"

"好吧,那天晚上我之所以去雷神桥,是因为上午我收到吉普森太太的一张条子。我是在给孩子上课的那间屋的桌子上发现条子的,可能是她亲手放在那里的。条子上说,希望我晚饭后在桥头等她,有重要之事相告,还说她不想让任何人知道,让我把回信放在花园某处。我不明白这事有什么可保密的,但我还是照做了,准备赴约。她还让我把她的条子烧了,所以我就在课室的壁炉里把它烧了。她很怕她丈夫,因为他对她很粗暴,我常为此事指责他,所以我想她这样做是为了不让他知道这次会见而已。"

"她却小心地留着你的条子?""是的。我不解的是,听说她死时手里还攥着那个条子。""后来呢?""后来我准时赴约,到了雷神桥,她比我先到。直到那时,我才明白她是多么痛恨我。她发了疯一样,她当时像个疯子,有着精神病患者常有的那种幻想和自欺欺人。否则,她怎么会表面上对我心平气和而心里却又对我如此仇恨呢?我不想重复她所说的话。她用最骇人听闻、最疯狂的语言倾泻了她满腔的怒火。我一个字也没说,根本说不出来。她那样子让人无法接受。我用手堵着耳朵转身就跑。我离开她时,她还站在桥头疯狂地叫着。"

"就是后来发现她尸首的地方吗?""离那儿很近。""但是,如果你离开不久她就死了,你听到枪声了吗?""没有。不过,说实话,福尔摩斯先生,我被她的叫骂搞得心烦意乱,我直接逃回自己的屋里,根本不可能注意到发生了什么事。"

"你回到了屋里。那么,在次日早晨之前你又离开过屋子吗?"

"是的,出事的消息传来后,我和别人一同跑出去看。"

"当时你看见吉普森先生了吗?"

"看见了,他那时刚从桥头回来。他接着叫人去请医生和警察。"

"你觉得此事对他有所打击吗?"

"吉普森先生是一个自制力很强的人,喜怒皆深藏不露,不形于色,但作为一个能看透他的人,我看出他是深深地动了感情的。"

"现在谈谈最关键的问题,就是在你屋内发现了一把手枪。你以前看见过它吗?""我发誓,我从未见过。"

"那你何时看见它的?""次日早晨,警察检查时。""在你的衣服里?""是的,在我的衣橱底板上,也就是在衣服下面。""你猜不出它放在那里有多久了吗?""头一天早晨还没有呢!""你怎么知道?""我头一天早晨收拾过衣橱。""这是最可靠的证据,说明有人把枪放在衣橱里,想要栽赃嫁祸。""一定是这样。""什么时候干的呢?""或者是在吃饭时间,或者是我在课堂给孩子上课的时候。""也就是你收到条子的时候?""是的,从那时起的整个上午。""好,非常感谢,邓巴小姐。你看还有什么遗漏吗?""没有了。""在尸首对面的石栏杆上有一个新的痕迹。你知道是怎么回事吗?"

"是巧合吧。"

"但是非常奇怪。那个痕迹怎么会那么巧地出现在事发地点,并且又是在事发时间呢?""对此我真的不知道。"福尔摩斯没有说话。他的苍白而深思的脸出现了那种迷惑不解的表情,经验告诉我这是他的天才在发挥的表征,在千钧一发的时刻表现得非常明显,以至于大家都不敢出声打扰他。我们的律师、拘留犯和我,都静静而紧张地看着他,不说一句话。他突然从椅子上一跃而起,浑身因紧张和急需行动而微颤起来。

"来,华生,来!"他喊道。"怎么了,福尔摩斯先生?""别担心,

小姐。卡明斯先生，你就静候佳音吧。上帝保佑，我要侦破一个全英国瞩目的案子，邓巴小姐，明天你就会得到消息，请信任我，阴霾即将散尽，真相即将大白，对此我信心百倍。"

从温切斯特到雷神湖本来路不远，但因我的心急如焚而显得很远，对福尔摩斯而言简直是更长了。由于神经极度亢奋，他如坐针毡，只好在车厢里来回踱步，要不就用他那敏感的细长手指敲打身边的垫子。快到达目的地时，他蓦地坐在我的对面——我们单独占着一节头等车厢，两手分别放在我膝上，以一种非常顽皮的眼光直视我的眼睛。

"华生，"他说，"我忽然想起，你同我外出办案时总是随身携带武器的，对吧？"这一点对他是大有裨益。每当他冥思苦想根本不顾自身安危时，我的手枪可以发挥重大作用。这些我以前曾对他讲过。

"是的，是的，我在此事上有点心不在焉。但是你现在带着手枪吗？"我把枪从后裤袋里取出来，那是一把精致、灵便而且非常方便的小武器。他接过枪，打开保险，倒出子弹，翻来覆去地观察。"分量可够重的。"他说。"是的，很重。"他持枪想了一会儿。"你知道吗，华生，"他说，"这支枪将为咱们的侦查发挥重大作用。""你在开玩笑吧。""不，我说的是实话，咱们要做一个实验，如果成功，真相就会大白于天下。实验所需的物品就是这支小手枪。拿出一枚子弹，把其余的装好，拉上保险，好！这下子重了许多，试验成功更有保证了。"我完全不解他此时的所思所想，而他也无意让我明白，只是一味出神地坐在那里。后来我们在汉普郡小车站下了车。我们雇了一辆破马车，一刻钟之后就到达了我们那位以诚相待的友人警官家里了。

"福尔摩斯先生，发现了什么线索？""这回可要看华生医生的手枪的表现了，"我的朋友说，"就是这支手枪。警官先生，你有十码绳子吗？"不一会儿后，警官从本村商店买了一团结实的细绳。

新探案

"完全可以了,"福尔摩斯说,"如果你们方便,咱们就可以开始最后一段旅程了。"夕阳西下,一片连绵蜿蜒的汉普郡旷野变成了一幅奇妙无比的秋色图。警官不太情愿地陪着我们,不时用批评和怀疑的目光看着我的朋友,表明他对我朋友的精神正常与否非常忧虑。走近现场时,我可以看出,我的朋友虽然貌似镇静,实则内心非常激动。

"不错,"他回答我的疑问说,"你曾目睹过我的失败。尽管我对这类事情有着天生的本能,但本能有时也是骗人的,我上过当。刚才在温切斯特监狱我第一次有了这个想法,此时我已认定它了。但是灵活的头脑总是有一个弱点,那就是一个人总能想出不同的答案,因为答案的选择范围是较大的,自然容易把我们带入歧途。不过,话又说回来了,咱们只要一试便可以完全解决了。"

他一边走一边把绳子的一端牢牢地拴在手枪柄上。后来我们到了出事地点。在警官的帮助下,福尔摩斯非常耐心地画出尸体躺的地点。然后他从灌木丛里找来一块很大的石头。他把石头拴上绳子,再把它从石栏上往下吊在水面上。然后他站在出事地点,手里举着手枪,枪与石头之间的绳子已经绷直了。"开始!"他喊道。

只见他把手枪举到头部后倏地一松,手枪被石头一下子就拖跑了,"啪"的一声打在石栏上,然后就越过石栏沉入水中去了。福尔摩斯急速跑到石栏旁。他欢呼了一声,无疑他找到了期望的东西。

"还需要比这更有力的证明吗?"他喊道,"华生,快来瞧,你的手枪解决了一切!"他用手指着第二块凿痕,其形状大小与第一块凿痕完全相同。"今晚我们就住在此地,"他站起身来对诧异不止的警官说,"你可以找一些打捞用具,然后毫不费力地捞起我朋友的手枪,并且你还会在近旁捞到那位存心报复的女士所使用的手枪、绳子和石头,这些都是她掩饰罪行并将谋杀罪嫁祸给邓巴小姐的道具。请你转告吉普森先

生,我明天上午要见他,我们要商讨一下释放邓巴小姐的事宜。"当天夜里,我们在本村旅店里一边吸着烟斗,一边听福尔摩斯简短地回顾事情的前前后后。

"华生啊,"他说道,"我看你就是把这个雷神桥案件收进你的记录里,也无法增加我的名声。我的思维有些迟钝,缺乏那种把想象力和现实合二为一的能力,而这种综合能力应是我的事业的根基。我承认,石栏上的凿痕已经是解决问题最关键的线索,但我没能借此迅速找到答案。

"咱们不得不承认,这位不幸女人的思维是相当深沉精密的,所以揭穿她的诡计实属不易。我看,在咱们办过的案件里恐怕没有比这件案子更奇特的了,也没有比它更能表明畸形的爱是多么恐怖的了。她认为邓巴小姐不论是她的精神情敌还是她的肉体情敌,都是罪不可恕的,显然她把她丈夫对她的冷淡和粗暴举止都归咎于那个无辜的女士了。她下的第一个决心就是结束自己的生命,第二个决心是绞尽脑汁使她的对手陷于比猝死更加可怕的境地。

"现在咱们可以整理她所采取的每一个步骤,这表明她是一个相当聪明的女人。她很聪明地让邓巴小姐给她写了一个条子,使人相信仿佛是后者选择了犯罪的地点。为了让人轻松地发现条子,到死手里还攥着条子,这一点她做得太过分了,聪明反被聪明误,只须这一点我就应该早些发现疑点。

"然后她偷偷地在宅子里的武器陈列室拿了她丈夫的一对手枪,一支留给自己用,一支在当天早上放掉一颗子弹之后塞进邓巴小姐的衣橱。她在树林里放一枪是不会引起注意的。然后她到桥头,开始设计这个极其精巧的栽赃的方案。当邓巴小姐来赴约时,她就利用这最后一次机会把她对邓巴小姐的满腔仇恨发泄出来,等邓巴走远之后她就完成了

新探案

这个可怕的任务。如今每一环,每一步都再清晰不过了,环环相扣,链条完整。报纸也许会问为什么当初没想到去湖里打捞,而事后讲漂亮无用的话,是人人都会的。得了,华生,咱们总算解救了一个不平凡的女人,同时也帮助了一个刚强的男人,如果将来他们二人结合,也是可能的,金融界人士到时会发现,吉普森先生已在这个生活的伤心课堂里学到了一些东西。"

爬行人

我发表有关普莱斯伯利教授的奇闻轶事的事情，歇洛克·福尔摩斯先生一直赞成，这样做至少可以辟谣，因为二十多年前这个谣言曾经轰动大学和伦敦的学术界。然而，总是有些不悦之事使我未能遂愿，导致事情的真相一直藏在我那个装满福尔摩斯案情记录的铅盒子里。时至今日，我们才获准发表这个在福尔摩斯退休前不久办理的案子。即使在今天，仍需谨慎从事，不可赘言。

那是一九〇三年九月一个星期天的晚上，我收到一张福尔摩斯惯用的那种自相矛盾、语意不详的条子：

如有时间请立即前来——如无时间亦要来。

S. H.

他晚年时我们之间的关系很特殊。他是屈从于习惯的人，有一些狭隘而根深蒂固的习惯，而我已经成了其中之一。作为一种习惯，我就像是他的提琴、板烟丝、陈年老烟斗、旧案索引，以及其他一些不怎么堂皇的习惯。每当他遇到棘手的案子，需要一个他多少可以依靠的有勇有谋的同伴时，我便有了用武之地。但除此以外我还有其他的用途，我是他思想的一块锐利的磨刀石，我可以激发他的思维，使之趋于活跃，他喜欢在我面前大声整理他的思绪。他的话也很难说是对我一人讲的，其实对墙壁讲效果也是同样的，但不管怎样，他已养成了对我讲话的习惯，因为我的表情以及我的感叹对他的思考还是有所帮助的。如果说，

新探案

我思维的一贯迟钝有时会让他感到无法忍受,感到烦躁不安,但正是这种烦躁促使其灵感更欢快地迸发出来。我的微不足道、不值一提的用处即体现于此。

我匆忙来到贝克街,但见他正深陷于沙发上,两膝高抬,叼着烟斗,沉思无语。他指了指我惯坐的沙发,除此之外没有任何表示可以表明我的存在,就这样持续了半小时。后来他突然从默想中醒过神来,用他惯常的古怪笑容欢迎我回到老家。

"请原谅我刚才的怠慢,华生,"他说,"在过去的一天里,有人向我反映了一些极其怪异的情况,引起了我对某些更有普遍意义的问题的思考。我打算写篇小论文,讨论侦查工作中狗的用途。"

"不过,福尔摩斯,这个问题别人早讨论过了,"我说,"比方像猎犬,警犬……"

"不是这个,华生,这方面的问题当然是人尽皆知了。但问题还有更微妙的往往不为常人所知的一面。你大概记得那个你用你那种惊世骇俗的方式处理的铜山毛榉案,我曾经通过观察小儿头脑活动的方法来推论那个目空一切、傲慢无礼的父亲的犯罪习惯,你记得吧?" "当然,我记得很清楚。"

"我也是这样看待狗的。狗能代表一个家庭,沉闷寡欢的家庭里不会有一条欢快的狗,反之亦然。主人残忍,狗必然凶恶;主人危险,狗也不好惹。狗的情绪一定程度上反映了人的情绪。"我不禁摇了摇头。"这是否有些牵强附会?"我说道。他把烟斗重新装满后又坐了下来,根本没理会我的评语。

"我方才说的那个理论与我目前所研究的问题在实践方面有很大的联系。现在,我的思想有如乱麻,我正力求寻找出一个头绪。有一个头绪可能是:为什么普莱斯伯利教授的狼狗罗依会咬他呢?"

我失望地将头仰在椅背上,天呐,把我从繁忙的工作中召来难道就

是为了这么一个毫无意义的琐碎的小问题吗?福尔摩斯朝我扫了一眼。

"华生,你还是老样子!"他说,"你还是没进步,不明白最重大的问题往往取决于最琐碎的小事。但是这件事即使从表面看上去也很古怪。你大概听说过剑桥大学的著名生理学教授普莱斯伯利,像他这样一位德高望重的老学者,他一向宠爱的狼狗怎么会突然咬起他来了呢?你怎么看待这个问题?""狗生病了。"

"这只是一个可能,但问题是狗咬的不是别人,恰恰是宠爱他的主人,而且它只是在极特殊的情况下才咬主人,平时很乖的。华生,很古怪,非常古怪。铃声响了,看来年轻的伯内特先生比约定时间来得要早一点。我本来希望在他来之前跟你好好谈一谈。"楼梯上响起了很急的脚步声,敲门声也很急促,接着一位年轻人出现在我们面前。他身材修长,面容俊秀,三十岁左右,穿着考究、大方,举止之间流露出学者的儒雅风度,而没有交际场上的那种自命不凡的傲气。他和福尔摩斯握了握手,看我的眼光明显流露出他的惊讶。

"福尔摩斯先生,我委托的事情非常敏感,"他说道,"而且我和教授的私人关系和工作上的关系都很亲密,我希望在没有第三者的情况下从容地讲述我的情况。""不要担心,伯内特先生。华生医生最谨慎不过了,再者,这个案子我实在需要一位助手协助。""好吧,悉听尊便吧。请不要介意我的慎重。""华生,伯内特先生是那位著名教授的助教,就住在教授家里,而且是教授女儿的未婚夫。他替教授保密,对教授忠诚,这是义不容辞的,咱们当然能够理解这种合情合理的要求。不过,表示忠诚的最佳方式是想方设法来解开这个古怪的谜。"

"我也希望如此,福尔摩斯先生。这是我此行的唯一使命。请问你向华生医生讲述基本情况了吗?""我刚才还没有机会及时告知他。""那么我来把情况再讲一遍,也好补充最近的新情况。"

"还是由我来重述吧,"福尔摩斯说,"这样可以看看我有无遗漏。

新探案

华生,教授是个享誉欧洲的名人,生平过着学院式的生活,从无一丝流言蜚语。他是一个鳏夫,有一个女儿,叫易迪丝。他的性格刚强、果断,也可以说是好斗的。这就是基本情况,数月前也是如此,毫无变化。

"后来他的生活轨迹发生了变化。他今年六十一岁,但他和他的同事——解剖学教授莫尔非的女儿订了婚。照我看,这次订婚不是上年纪的人的理智的求婚,而是像年轻人狂热的求爱,因为他的行为表现得过于热烈。他的未婚妻爱丽丝·莫尔非是一位品貌俱佳的少女,所以教授对她的痴情也是可以理解的。然而,他自己的亲属对此却是不同情和不理解的。""我们认为他有些过分了。"

"是的。过分、过激,而且违反常理。因为教授很富有,所以女孩的父亲莫尔非是同意的。女儿的看法却非如此,她还有几个追求者。这些人在财产地位方面虽不如教授,但年龄毕竟与她相当。她似乎并不十分在意教授的怪脾气,对他还是有些喜欢的。唯一的障碍就是年龄。就在这时候,教授的正常生活成了一个谜。他竟然做了前所未有的事,离家外出,且不说去向,两个星期后他疲惫而归。他对自己的去向只字不提,而平时他是极坦率的。凑巧的是,咱们这位主顾伯内特先生收到一个同学自布拉格寄来的信,信上说他偶然在布拉格见到教授但没来得及跟他说话。这样,教授的亲属才知道他的去向。

"现在讲重点,自从教授回来后,他就发生了奇怪的变化。他变得鬼鬼祟祟,周围的熟人都觉得他不再是原先他们了解的那个人了,有一个魔影遮住了他美好的本性。他的才智一如既往,他讲课还是那么生动。但在他身上总是表现出一种新的东西,一种出人意料而不祥的东西。他的女儿向来是全心全意深爱父亲的,她屡次努力揭下父亲的面具,多次试图恢复以前的那种亲密无间的父女关系。伯内特先生也做了同样努力,但一切皆无济于事。现在,伯内特先生,请你亲自讲讲信件的问题吧。"

"华生医生,你能理解,教授一向对我毫无隐瞒,没有秘密,即使他有儿子或弟弟,他们的地位也不及我。作为他的秘书,他的一切信件都由我经手,也是由我拆开并加以分类的。但从这次他回来后这一点就发生变化了,他对我说,可能有一些来自伦敦的信件,邮票下画有十字,这些信要单独放在一边,由他亲自拆阅。后来果然有几封这样的信经我手收到,上面印有伦敦东区的邮戳,字迹显然不是一个文化人所写。不知教授是否写过回信,即使回信也不是由我办理的,因为他从未把回信放在我们发信的邮筐内。"

"还有小匣子。"福尔摩斯说。"是的,小匣子。教授旅行回来时,带回一个小木匣子。这个东西是唯一能够表明他曾经到大陆旅行过的物品。那是一个精雕细刻的木匣,好像是德国手工艺品。他把木匣放在工具橱内。有一次我去找东西,无意中拿起这个匣子。不料教授勃然大怒,用相当粗野的话训斥我,而我不过是出于普通的好奇心罢了。第一次发生这样的事情,我的自尊心大受伤害。我极力辩解,说我只是无意地拿起匣子而已。而那天整个晚上我都觉得他凶狠地瞪着我,他对这事儿是记恨于心的。"说到这里,伯内特先生从口袋里掏出一个小日记本。"这件事发生在七月二日。"他补充说。

"你真是一个严谨理智的证人,"福尔摩斯说,"你记的这些日期对我很可能是非常重要的。""系统方法也是我向这位著名老师学来的一项知识。自从我发现他的行为变得古怪以来,我就觉得有责任研究他的病历。所以,我细心记下了在七月二日这天,当他从书房中走到门厅的时候,罗侬咬了他的事。后来,在七月十一日及七月二十日都发生了同样的事情。后来我们赶紧把罗侬关到马厩里去了。罗侬本来是一条听话懂事的好狗,我这样说大概你会感到厌烦吧。"伯内特的口气是不悦的,因为福尔摩斯显然是在想着他自己的事情,没有听进他的话。福尔摩斯

新探案

紧绷着脸，两眼瞪着天花板出神。后来，他猛地清醒过来。

"怪事，真是怪得很！"他喃喃地说道，"我还是第一次听说这种事。原来的情况就这些了吧。你方才说事态又有了新的发展。"听到这话，客人那率直活泼的面庞顿时变了色，那是由于他想起了往事。"现在我要讲的事发生在前天夜里，"他说道，"大约在夜里两点钟左右，我醒了，躺在床上，突然听见一种沉闷的、模糊不清的声响，从楼道里渐渐移动过来。我打开屋门往外张望。教授是住在楼道另一端……"

"日期是……"福尔摩斯打断他的话。客人对这个突然的问题明显地表现出不耐烦。

"我已说了，是在前天晚上，就是九月四日。"福尔摩斯微笑地点一下头。

"请继续讲。""他住在楼道另一端，要到达楼梯必须经过我的门口。那天我看见的情景实在可怕，福尔摩斯先生。我认为我的神经已经非比寻常，足够坚强了，但那天的情景把我也吓坏了。整个楼道是黑暗的，只有一道光从中间的一个窗户透出来，我看见有个黑乎乎的东西从楼道那边慢慢地爬过来。当它爬到光亮的地方时，我一看却是教授。他在地上爬着，福尔摩斯先生，在地上爬！并且是手脚并用一起爬，脑袋向下耷拉，但他看起来却是一副轻松的模样。我吓得都呆了，直到他爬到我门口，我才醒过来，走上前去问他是否需要我扶他起来。他的回答是极其特别的，他一跃而起，骂了一句最难听的话，立刻下楼去了。我等了一个钟头左右，他也没回来。他可能直到天亮才回屋。"

"华生，你怎么看？"福尔摩斯仿佛是一个病理学家，拿一个罕见的病例来问我。

"也许是风湿性腰痛。我有一个患有严重此症的病人就是这样走路的，而且得这种病的人总是心烦，脾气暴躁。""你真厉害，华生！你总是脚踏实地，言之成理。不过风湿性腰痛是讲不通的，因为他当时是

一跃而起。""他的身体棒极了,"伯内特说,"说实在的,这些年来我还从未见过他像现在这样结实健壮。但这些事毕竟发生了。这不是一个可以找警察侦破的普通案件,而我们又实在一筹莫展,不知所措,我们预感灾祸即将降临而无力阻止。易迪丝,就是普莱斯伯利小姐,我们都感到不能再这样束手无策了。"

"这确实是一个奇异的、发人深省的案子,华生,你怎么看?""从医生的角度来讲,"我说道,"我认为这该由精神病学家来处理。老教授的脑神经一定经受了恋爱的刺激,他外出旅行就是为了逃脱情网。他的信件和木匣可能与其他私人事务有关,比如借款或者股票证券,是放在匣子里的。""而狼狗敌视他的证券交易?华生,不对,这里面肯定大有文章。目前我只能说……"后面的话无人能知道,因为门突然打开,一位小姐被引进屋来。伯内特顿时跳起来,伸手拉住了她伸过来的手。

"亲爱的易迪丝,没出什么事吧?""我必须来找你,杰克,实在是太吓人了,我再也不敢一人独自呆在那里。""福尔摩斯先生,这就是我刚才说的那位小姐,我的未婚妻。""先生,我说的对吧,这不正是方才即将得出的结论吗?"福尔摩斯笑着说,"普莱斯伯利小姐,你是不是想告诉我们事态又有新发展了?"她是一个传统英国型的漂亮姑娘,她礼貌地向福尔摩斯打了一下招呼,就坐在伯内特身边。

"我发现伯内特先生不在旅馆,就猜他或许在这儿。我自然知道他请你帮忙。福尔摩斯先生,请你帮帮我那可怜的父亲。""希望还是有的,普莱斯伯利小姐,但案情还不够明朗化,我们还必须等待。你带来的消息或许可以说明一些问题。""我要说的是昨晚的事。昨天一整天他都显得古里古怪。我想,他有时候就像做梦似的。昨天就是那样。他不像是我的父亲,他的外壳虽然还是老样子,但实际上已经不是他了。""请您把昨天发生的事情说一下。"

"夜里我是被狗的狂叫声惊醒的。可怜的罗依现在被锁在马厩旁边。

新探案

我每天都是把屋门锁上才睡觉的,杰克·伯内特先生会告诉你的,我们都有一种不祥的预感。我的卧室在楼上。碰巧昨晚我的窗帘没有拉上,月光很明亮,我躺在床上两眼盯着白色的窗户,想着狗会因何狂吠,这时我突然看见了父亲的脸。我吓得几乎昏过去。他的脸贴在玻璃上,一只手举起来,仿佛扶着窗框。如果窗子真的被他打开,我一定会疯了。那不是幻觉,福尔摩斯先生,绝对不是幻觉。我肯定,估计有二十秒钟的时间,我就那样瘫在床上盯着他的脸。他后来就消失了,但我根本不能动弹,虽然我很想到窗口去看他到哪儿去了,我躺在床上,出了一身冷汗。早餐时他的态度很粗暴,对夜里发生的事只字不提。我也没说什么,只是找了个借口就进城了,我来找伯内特。"福尔摩斯似乎十分惊讶于小姐的叙述。

"小姐,你说你的卧室是在楼上。园子里有高梯子吗?"

"没有,我正是因此而害怕,根本没有丝毫办法可以够得着窗子,但他偏偏在窗口出现了。"

"日期是九月五日,"福尔摩斯说,"这就更复杂了。"这回小姐倒是非常惊讶了。

"福尔摩斯先生,你又一次提到了日期?"伯内特说,"难道日期对这个案子很重要吗?"

"可能,很可能,但我目前还没有掌握充分的资料。"

"你是认为精神失常与月球运转有关?"

"不,不是。我想的与此无关。也许你可以把日记本留下给我,我想核对日期。华生,我看咱们可以定下行动计划了。小姐已经告诉咱们,我信任她的直觉,她父亲在某些日子对自己做过的事情并没有记忆,所以咱们可以在这种时候去拜访他,假装是应约前往。他可能会认为是自己的记忆出错,如此一来咱们就可以从近处观察他,这就是咱们首先要做的侦查工作。"

"这样很好，"伯内特说，"不过，我得提醒你，教授有时候脾气暴躁，行为粗鲁。"福尔摩斯微微一笑说："如果我的设想正确的话，我们有理由，而且是足够的理由尽快见到他。伯内特先生，这样吧，明天我们一定到剑桥。如果我没记错，那里有一个切克旅馆，出售的葡萄酒还算可以，床单也勉强算清洁。华生，咱们未来几天的命运或许比落到这个地步还糟糕呢。"星期一早晨我们已经走在通往著名大学镇的路上了。这对福尔摩斯倒很容易，因为他是孤家寡人，但有家有业的我却忙得焦头烂额，因为迄今为止我的业务已经有些规模了。一路上他没有提起案子的事儿，直到我们把衣箱在他说的那家旅馆内存好之后，他才开口说话。

"华生，我看咱们应该在午饭之前去见教授。他十一点要讲课，中午应该在家休息。""找什么借口去访问呢？"福尔摩斯匆匆看了一下日记本。

"他在八月二十六日有过一段狂躁时期。咱们假设他脑子现在不大清醒，如果咱们坚持说是有人约咱们前来，他大概也不会否认。你能不能厚着脸皮试一下？"

"只能如此。""华生，厉害！你既能脚踏实地，又能勇于进取，让我们去试试吧。找个当地人带咱们去吧。"我们坐着一辆漂亮的双轮马车，经过一排古老的学院建筑，拐进一条三股的马车道，在一座漂亮的住宅门前停下了。这座宅子被周围种满紫藤的草坪所环绕，看来教授不仅生活得舒适，而且环境优雅奢侈。马车靠近时，前窗露出来一个头发花白的人头，浓眉下面，一双戴着玳瑁眼镜的锐利眼睛在打量着我们。很快我们就进了教授的府邸。他站在我们面前，其外貌、举止无丝毫怪异之处，但正是他先前的古怪行为才把我们从伦敦引来的。他身材高大，五官端正，举止庄重，身着礼服，具有大学教授应有的气质、尊严。他的眼睛格外引人注目，犀利而敏锐，机警到了近于奸诈的程度。

新探案

他看了我们的名片。"请坐,先生们。不知光临敝府有何见教?"福尔摩斯温和地微笑着说:"教授,这正是我要问你的。""问我?""也许是误解。我听别人说,剑桥大学的普莱斯伯利教授需要我们效劳。"

"原来如此!"在他那锐利的灰色眼睛里闪过一道恶毒的光芒。"你听说的,是吗?请问是谁告诉你的?""抱歉,教授,这有些不便。如果是误解,也没什么,我道歉好了。""不必。我对此事很感兴趣,一定要搞清不可。你有什么纸条、信件或电报什么的可以说明你的来意吗?"

"没有。

"你是不是想说我请你来的?"

"这个问题不太好回答。"

"当然不好回答,"教授厉声说,"不过,这个问题可以由他人轻松回答。"他走到电铃旁边摁了电铃,很快我们暗中的主顾伯内特先生便应着铃声走来。"伯内特先生,进来。这两位先生说是应约从伦敦而来。你处理我的全部信件,你登记过寄给一个名叫福尔摩斯的人的信件吗?""没有,先生。"伯内特脸上一红。

"现在知道了,"教授愤然地瞪着我的同伴,"先生,"他两手按着桌子,身体向前倾着,"我认为你很可疑。"福尔摩斯不在意地耸耸肩。"我只能再说一遍,我们打扰你了。"

"事情可没那么简单,福尔摩斯先生!"这个老头儿尖声叫道,脸上流露出特别恶毒的表情。他站在门前拦住我们的去路,可怕地用两手威胁着我们。"想走?做梦!"他痛恨得脸上的肌肉都抽搐起来,高声向我们乱喊。要不是伯内特先生过来调解,我们只有一路开战才能离开这间屋子。"尊敬的教授,"他喊道,"别忘记你的身份!你应该考虑到这事传到学院会产生什么后果!福尔摩斯先生是一个有名的人,对他不能如此无礼。"于是这位教授无可奈何地让开了门口的路。我们幸运地

离开了住宅，走到外面安静的马车道上。对于此事，福尔摩斯竟然感觉很有意思。

"这位学识广博的朋友的神经确实有点毛病，"他说，"咱们冒昧拜访也许有点无礼，但我还是达到了与他接触的目的。好家伙，华生，他在跟踪我们，这家伙大概后悔放咱们走了。"我们身后的确响起一阵跑步的声音，但是，我放心地发现，那不是可怕的教授，却是他的助手，在马车道的拐角出现了。他喘着气向我们走来。

"真对不起，福尔摩斯先生，我很抱歉。"

"没什么，伯内特先生。这是我的职业中常有的情况。"

"我从没见过他像今天这样骄横跋扈。他变得更加凶恶了，这正是他女儿和我担心出事的原因。但他的脑子是完全清醒的。"

"他太清醒了！"福尔摩斯说，"我事先没想到。他的记忆力显然比我估计的要好得多。对了，我们走之前想看一下普莱斯伯利小姐房间的窗子，可以吗？"伯内特拨开灌木引路，我们看见了楼的侧面。

"左手第二个窗子就是。"

"哇，它可不是一般的高。不过，你看窗子下面有藤子，上面有水管，可以攀登。"

"连我都爬不上去。"伯内特说。

"是的。对一个正常人来说，这太危险了。""还有一件事，福尔摩斯先生，我搞到了跟教授通信的那个伦敦人的地址。教授今天早上好像给他写了信，我从他的吸墨纸上发现了这个地址。竟然做这种可耻的事儿，我感到很难堪，但我没有办法。"福尔摩斯看一眼那张纸头，放进衣袋里。"多拉克——一个怪姓氏"，我想可能是斯拉夫人，不管怎样，这个情况很重要。伯内特先生，我们今天下午回伦敦，继续留在这儿已无用处了。我们不能逮捕教授，他没犯罪；也不能限制他的行动，因为没法证明他神经失常。目前只能以静制动。"

新探案

"那我们到底该怎么办呢?""耐心些,伯内特先生,情况马上就会有所好转,如果没出现错误,下星期二可能是一个危险时刻。到时我们一定前来。坐等的这段时期毕竟很不愉快,如果普莱斯伯利小姐能延长她在伦敦停留的时间……"

"这容易。""那就让她留在伦敦,直到我们通知她危险已过。目前让教授随意行动,不要忤逆他,只要他喜欢就好。"

"他来了!"伯内特惊恐地小声说。我们从树枝缝隙间看见教授那高大的身躯从前厅走出来,他左顾右盼,四处张望着,身子向前倾,两手下垂摇摆着。秘书向我们摆手告别,就从树丛间溜走了。一会儿,我们见他回到教授身旁,两个人仿佛一边高声谈论着什么,一边走进屋内。

"看来教授已猜出了咱们的行动,"福尔摩斯一边跟我往旅馆走,一边说,"虽只是短短一见,但我仍发现他的思维相当清晰,具有缜密的逻辑。性情可真火爆,不过从他的立场看,这也不无缘由,因为他猜出了是侦探跟踪他并且是他自家人要求这样做的。我看伯内特的日子不会好过了。"途经邮局时,福尔摩斯发了一封电报,当晚便收到了回电。他把电报扔给我看。

> 已走访商务路,见到多拉克。其人和蔼,为波希米亚人,略上年纪,经营一家大杂货商店。
>
> 麦希尔

"麦希尔是在你搬走之后才来的,"福尔摩斯说,"他是帮我管理日常事务的杂务工。了解教授秘密通信的对象是必要的,此人的国籍和教授的布拉格之行有内在关系。"

"真是太好了!总算有两件事可以联系在一起了。现在我们好像面

对一大堆毫不相关的事件。比如说，狼狗咬人和波希米亚之行有什么关系？它们和教授夜里在楼道爬行又有什么关系？而你的日期是最神秘的了。"福尔摩斯一边微笑一边搓手。我们此时坐在旅馆里的陈旧起居间里，桌上摆着一瓶他要的著名葡萄酒。

"那好，咱们先来看一下日期之间的联系。"他说。他把五指并在一起，就像是在班上讲课似的。"有才干的伯内特的日记表明，七月二日首先出事，从此每九天仿佛便会周期性出事。只除了一次，最后一次是在九月三日，也符合九天规律，八月二十六日也不例外。这难道能以巧合解释吗？"我不得不同意他的看法。

"所以我们可以暂时假设，教授每九天用一种烈性药物，药效短暂但毒性较大。一被烈性药物所刺激，其本身就暴烈的性格变得就可想而知了，暴烈得骇人听闻。他是在布拉格学会使用这种药物的，供应他药品的就是这个波希米亚经销商。这样，所有看似不相干的事件都联系在一起了，华生！""那狗咬，窗口的脸，楼道里爬行这些事怎么解释呢？""目前还无法说清，不管如何，咱们总算有了好的开端。要等到下星期二才会有新的发展。目前我们只能在和伯内特保持联系的同时，享受这个迷人城市令人心旷神怡的景色了。"

次日早晨，伯内特偷偷溜出来向我们报告最新的消息。正如福尔摩斯所说，伯内特处境难堪。教授虽未明确指责是他把我们找来的，态度却是极其粗暴，显然有所不满，但今早他又恢复了正常，照常给学生做了精彩的演讲。"暂且不谈他的异常发作，"伯内特说，"他的确比从前精力更为充沛，思路也更为清晰了，但他完全变成了另一个人，一个我们陌生的人，而不是记忆中熟稔的他了。""看来这一个星期我们是无事可做了，"福尔摩斯回答说，"我很忙，华生医生还有许多病人。咱们约好下星期二这个时间在这里见面，相信下星期二我即使不能消除问题，也能对问题做出解释。在此以前，如果有情况发生请写信告诉我。"

新探案

后来,连续几天我也没再见到福尔摩斯。星期一晚上我收到他一张简短的便条,他叫我在火车站等他。前往剑桥的路上,他告诉我,情况很好,教授家里平静无波,他本人的行为也很正常。当天晚上我们在老地方切克旅馆安顿下来后,伯内特对我们也是这样说的。"今天他收到伦敦的来信,还有一个小包裹,上面都有十字,我没拆。就这些。"

"这些大概也就够了,"福尔摩斯担忧地说,"伯内特先生,依我看,今晚事情便会水落石出。如果我的推论正确,今晚便会出结果。要达到目的,须得仔细观察教授。你今晚最好不要睡觉,要警觉。如果你听见他经过你的卧室,千万别惊动他,要悄悄地跟踪他。华生医生和我将会隐蔽在附近。对了,你说的那个小匣子的钥匙在哪儿?""在他的表链上。""我觉得咱们的研究必须先集中在匣子上,如果迫不得已就强行开锁检查。宅子里有没有其他强壮的男人?""有一个马车夫,叫麦克菲。""他在什么地方睡觉?""在马厩的楼上。"

"会用得着他的,现在要做的只有这些,其他的只能坐观事态的进一步发展。再见吧,我相信晚上会看见你的。"接近午夜时分,我们埋伏在教授家的前厅正对面的树丛里。夜色清朗,天气寒冷,我们都身着大衣。风不大,不知疲倦的白云不时遮住半月。在这种环境中等候本来是沉闷乏味的,但期待的激动心情刺激着我们,我朋友还不时增强我的信心,说怪案马上就会水落石出了。"如果我对九天周期的估计是正确的,那么教授今晚一定会发作,而且很厉害。"福尔摩斯说,"以下几件事都指向同一结果:他的怪症状是自布拉格回来以后才有的,他与伦敦的一个波希米亚商人秘密通信,这个商人可能是布拉格某个人的代理人,今天他还收到商人寄来的包裹。他用的是什么药及为什么用药,虽不可知,但那是从布拉格寄来的却毋庸置疑。他是严格按照规定用药的,周期为九天,是它引起了我最初的注意。他的症状十分古怪。你注意他的指关节了吗?"我承认未曾注意。

"关节大且有老茧,我从未见过,华生,看人先看手,然后看袖口,裤子膝盖和鞋子。他的古怪的指关节只有在某些职业……"这时福尔摩斯突然用力一拍脑门,"啊,华生,华生,我实在是太笨了!这看似难以置信,但一定是如此,一切关键的问题都说明了这一点。我居然没有看出这些概念的联系!那样的指关节,狗,还有藤子!我真该退到我梦中的农庄里去了。快瞧,华生!他来了!现在咱们可要亲眼目睹了。"前厅的门慢慢地开了,借着灯光,教授的高大身材出现了。他站在门口,穿着睡衣,虽是直立着,身子却向前欠着,两手垂在身前,和我们上次见他的模样相同。他来到马路上,突然颇为奇特地弯下身去,手脚并用地爬起来,不时跳跃一下,仿佛精力过剩,无处发泄。他沿着房子向前爬到尽头就拐过屋角去了。这时伯内特溜出房门,悄悄地跟着他拐过去。

"华生,快来!"福尔摩斯叫道。于是我们蹑手蹑脚地转移到树丛中一个有月光照耀、能看到房子侧面的地方。教授的一切行动清晰可见,他在长满长春藤的墙脚下趴着,突然间他以异乎寻常的矫健姿势向墙上跃去。他从一根藤爬向另一根藤,抓得十分牢固,显然是盲目地单纯地发泄精力,自娱自乐。他的睡衣敞开了,在两边拍打着,使他看起来活像一只贴在墙壁上的巨大的蝙蝠,在月光照射的墙上投下了奇怪的影子。过了一会儿,他一定是玩得无聊了,又一根藤一根藤地降下来,爬向马厩,仍然是那副怪姿势。狼狗已经警觉起来并狂吠着,看见它的主人叫得更凶了。锁链被它挣得绷直,狗狂怒地要扑上来。教授故意趴在狗够不着他的地方,想尽办法激怒狼狗。他先是抓起一把石子朝狗的脸上摔过去,又抄起一根棍子去捅狗,用手在狗狂吠的嘴前面左挥右舞,挑弄得狗更加疯狂地乱喊乱吠。在我们一生的探险生涯中,这场面真是奇特,前所未见,一个情感深沉且尊贵的人竟然会像蛤蟆一般趴在地上,去惹一只狂怒的狼狗,用各种精心而故意的残忍方式,弄得狗直立起来对他疯狂地扑叫。

新探案

事情突然发生了！锁链倒没被挣断，而是狗滑出了套在脖子上的皮圈，而那皮圈本是为粗脖子狗制做的。只听铁链落地的声响，接着只见人狗滚成一团，狗的吠叫和人的惊呼混杂在一起。教授几乎丧命，狼狗咬住他的咽喉，伤得极深，我们急忙赶上前去把他们分开。此时教授已处于昏迷状态，若非伯内特及时赶来，喝住了狗，使它恢复了安静，我们的处境是很危险的。叫喊声把睡眼惺忪的马车夫也引了出来。"我早就知道会这样，"他摇头说道，"我看见过他这样逗狗，狗早晚会咬到他。"

我们拴上狗，把教授抬进了卧室。伯内特也懂医，一直在协助我处理他那被咬破的喉咙。犬齿差点咬断颈动脉，出了大量的血。半小时以后，危险过去了。我给病人注射了吗啡，他昏昏入睡。直到这时，我们大家才松了一口气，面面相觑，开始估计形势如何。

"我觉得应该找一位外科权威来给他看病。"我说。"不行！"伯内特大声说，"现在只有家里人知道丑闻，咱们都靠得住，不会泄露。家丑一旦外传，结局是不难想象的。你们要顾及他在大学里的地位，他在欧洲的名誉，还有他女儿的感情。"

福尔摩斯说："不错，我认为咱们应当保密，不再外传，还有，我们必须采取措施防止事态再发生变化。伯内特先生，把表链上的钥匙拿过来。麦克菲看守病人，发现情况立即报告我们。咱们去看看教授的神秘匣子。"东西不多，只有一个小空瓶，另一个用了少许，一个注射器，几封字迹歪斜、外国人写的信，但这些东西足够解释一切了。信封上画着记号，表明正是这些信是教授严密保管不容秘书经手的，每封都有商务路的发信地址，并用"多拉克"的签名。里面装的只是邮寄新药瓶的清单或货款的收据。但另外还有一封信，是文化人的字迹，上有奥地利邮票和布拉格邮戳。"这回可有证据了！"福尔摩斯掏出信纸说道。上面写道：

福尔摩斯探案全集

尊敬的同行：

　　自从您光临寒舍后，我再三考虑您的情况，虽有需要治疗的特殊理由，但我仍建议您谨慎从事，因为以往的治疗效果表明该药具有相当的危险性。

　　类人猿血清效果可能甚佳。但诚如我所言，我所使用的是黑面猿，因为我只有它的标本。黑面猿属爬行及攀登类，不及直立类的类人猿更接近人类。

　　谨请您慎重行事，切勿在不成熟阶段将此疗法外传。我在英国还有一主顾，皆由多拉克做我的经纪人。

　　请每周按时报告疗效。

　　此致

崇高的敬礼

　　　　　　　　　　　　　　H. 洛文斯坦

　　洛文斯坦！这个名字使我回想起报纸上的一段摘录，讲述一位匿名的科学家正在以一种奇特的方法研究返老还童术和长生不老药。他研制成一种强壮血清，但因他拒绝公布成分，而被医学界列为禁用药。我把这个消息简明扼要地向他们二人说了一下。伯内特从书架上取下一本动物学手册，读道："'黑面猿，喜马拉雅山麓大型黑面猿猴，是最大型的爬行类人猿，'这里还记载着许多。啊，福尔摩斯先生，谢谢你的帮助，终于找到根源了。"

　　"但真正的根源，"福尔摩斯说，"实际是教授不合时宜的恋爱，这使得他急于恢复青春。一个人如果超越自然之上，他必然会堕落于自然之下；最高等的人，一旦脱离人类命运的正道，必然会变成更低等的动物。"他手里拿着小瓶，坐在那里沉思了一会儿，双眼凝视着透明的液

新探案

体。"我马上写信告诉此人,他的这种行为无异于犯罪。教授和他的交易将会结束,我们这件事便会了结,但类似的事情还会发生,其他人会想更高明的方法,但那总是具有危险性的,对人类造成一种实际的威胁。华生,你想一想,那些一心沉迷于物质追求和感官享受的人都想延长他们那无价值的生命,而注重精神价值追求的人则不愿违背更高的呼唤,结果是不善者生存下来,如此一来,世界岂不变成了污水浊泥?"

然后,福尔摩斯从椅子上一跃而起。"伯内特先生,我看情况已经很清楚了,种种细节有了解释。敏锐的狗最先察觉到教授的变化,罗依咬的不是一个人,而是一只猿猴,而逗狗的是猴不是人。攀援是猴的一种本能,教授探头到女儿窗口纯属无心。华生,早晨有列火车开往伦敦,现在咱们先到旅馆喝杯茶还来得及。"

福尔摩斯探案全集

狮鬃毛

在我退休以后，居然有一件离奇难解的案子，其难度绝不亚于我从前所办的任何案件。这案子落到了我的身上，甚至可以说是找上门的。事情发生在我隐居苏塞克斯小别墅以后，那时我已经全身心地投入到恬静的田园生活之中，这正是我在阴沉多雾的多年伦敦生活中时常渴望的生活。退休以来，华生只偶尔来度过一个周末，这也就是我和他的全部来往了。所以，我不得已只好亲自记录案情。如果他在场，他一定会对故事的紧张开端大肆渲染，使读者的心绷成一条弦，会对我的最终胜利不吝赞美之词。可惜啊，他毕竟不在场，所以我只好以我的方式平铺直叙，把我研究狮鬃毛之谜的每一步骤用我自己的话表现出来。

我的别墅坐落在苏塞克斯丘陵的南麓，面对着辽阔的海峡。在这个海角，整个海岸都是白垩的峭壁，如果要到海边去，必须通过唯一的一条狭长崎岖、陡峭易滑的小径。在小路的尽头，即使在涨潮的时候，也有一百米的布满卵石的海滩。但随处可见弯曲的凹陷的地方，好像天然的游泳池，每次涨潮都蓄满了水。在这样一条向两边延伸数英里的海岸上，只有一个小海湾即伏尔沃斯村突兀地介入这条直线。

我的别墅里很冷清。我，老管家，还有我的蜜蜂，是这座房子里一切有生命的动物。哈罗德·斯泰赫斯特著名的私立学校——三角墙学校就坐落在半英里外。学校面积不小，有几十名为不同职业接受培训的青年学生，还有几名教师。斯泰赫斯特在年轻时代是一名小有名气的剑桥大学的划船运动员，也是全能的优秀学生。自从我移居海滨以来，我们相处得一直不错，也是我唯一的不经邀请就可以在晚上相互访问的好

新探案

朋友。

一次来势凶猛的大海风在一九〇七年七月,自海峡向海岸登陆,把海水冲积到峭壁底,在潮退以后留下了一个大咸水湖。早晨风平浪静,被冲洗过的海滨焕然一新,空气异常清新,如此良辰美景,坐在家中岂能忍受?于是我在早餐前出来散步,呼吸新鲜空气。我沿着峭壁在朝向海滩的小路上溜达,突然听见背后有人在喊,原来是斯泰赫斯特在向我招手。

"多么美好的清晨,福尔摩斯先生!我就知道会见到你的。"

"你是去游泳吧?"

"你又开始习惯式地推论了,"他笑了,用手指着鼓鼓的衣袋,"是的,麦斐逊一早就出来了,我要去找他。"弗茨罗伊·麦斐逊是一名科学讲师,很英俊,蓬勃的生命力因患风湿热之后得了心脏病而削弱。即使如此,他也是一名天生的运动员,在各种各样不剧烈的运动中都是出类拔萃的。他一年四季坚持游泳,我也喜欢游泳,所以时常遇上他。就在这时,他出现了。他的头在小路尽头的峭壁边缘上露了出来,接着他的身影跟跄不稳,像喝醉了酒似的,出现在崖上。突然他把两手往头上一举,痛叫一声,向前扑倒在地。斯泰赫斯特和我急忙跑过去——我们那时相距有五十多米——扶他翻过身来。他快死了,那失神深陷的眼睛和青得骇人的双颊显然是死前的征兆。回光返照时,他以认真警告的神情发出两三个字,声音含糊不清,但我听见他嘴里迸出来的最后一个词是"狮鬃毛"。其含义漫无边际,毫无头绪,但我实在不能把它读做别的字。说完之后,他两手一伸,侧着倒下死了。

我的同伴被这情景吓得惊慌失措。而我,正如大家想象的那样,每一根神经都立即活跃起来。这些事情表明,这是一个非同寻常的情况。他只穿着柏帛丽雨衣、裤子和没系鞋带的帆布鞋。倒地的时候,围在他肩上的柏帛丽雨衣滑落下来,露出他的躯干。看后,大家皆目瞪口呆,

他的后背布满了暗红色的条纹,仿佛他被人用极细的鞭子猛抽过。那鞭子一定是极富弹性的,因为他整个肩部和肋部全是肿胀的长鞭痕。他在极度痛苦中咬破了下唇,嘴边不断滴着鲜血,他那早已痉挛变形的脸表明他是多么痛苦啊!

我们正跪在死者身旁万分不解时,有一个人的身影罩过来,是伊恩·默多克来到了我们身旁。他是一名数学教员,身材瘦高,肤色黝黑,因少言寡语和性情孤僻,极少有朋友。他似乎完全生活在高度抽象的圆锥曲线和极数的世界里,与日常生活毫无牵连。他被学生当做怪物,时常成为他们嘲弄的对象,然而他那墨黑色的眼睛,黑黝黝的肤色以及他那偶尔发作、只能用狂暴形容的脾气表明他身上具有异样的气质。有一次,他被麦斐逊的小狗弄得心烦意乱,最后他一把抓起狗就把它从玻璃窗扔了出去。若非他是一名优秀教师,单凭此事就足以使斯泰赫斯特解雇他了。这位怪人来到我们身边,但此刻看来他是真的被死者的惨相惊呆了,尽管小狗事件表明他对死者没什么好感。

"真可怜!太可怜了!我该做些什么?我能帮忙吗?"

"刚才你们在一起吗?你知道发生了什么事吗?"

"没在一起,今天我出来晚了,还没到海滨去呢。我刚从学校出来。我能做些什么呢?"

"你赶紧到伏尔沃斯分驻所去报案。"

他二话没说,转身即以最快速度跑开,我主动承担了办案的重任。早已吓呆的斯泰赫斯特还呆在死者旁边。我第一步就是记下留在海滨的人。我站在小路的顶端,这里可以望见整个海滨,但那里无一个人影,只有远远的两三个人影向伏尔沃斯移动着。之后,我走了下来。白垩的土质中掺杂着粘土和灰泥岩,我见小路上只有同一个人的上行和下行的脚印,这表明,今天早晨只有他自己沿着这条路去了海滨。我在一个地方看到了按在斜坡上的手掌的痕迹,是麦斐逊上坡时跌倒留下的。我还

新探案

发现了一个圆形的小坑，看来他不止一次地跪下来过。在小路下端，是退潮留下来的咸水湖。一块岩石上放着毛巾，说明他在湖边脱过衣服。毛巾叠得很整齐，且是干的，看来他没有下过水。当我在鹅卵石之间搜寻时，还发现了他的帆布鞋的鞋印和赤足脚印。这说明他已准备下水。

问题已经很明了，这却是我生平所遇见的最怪异的问题之一。死者来到海滨最多不过一刻钟，斯泰赫斯特从学校出来紧随其后，这一点确定无疑。他去游泳，已经脱了衣服，赤足脚印可以说明。然后他突然披上衣服——衣服凌乱未扣好扣子——未曾下水或至少未曾沾湿身子就回来了。他改变主意的原因是他遭到了令人惨不忍睹的、被折磨得难以忍受的鞭打。他得以离开那个恐怖的地方完全是凭借最后一口气。这种令人发指的事儿是谁干的呢？不错，在峭壁基部是有些小洞穴，但是初升的太阳直射在洞内，里面的东西无处遁形，远处海滨虽有几个人影，但离得太远，不可能与本案有关，再说还隔着麦斐逊要游泳的咸水湖，湖水一直冲到峭壁。海上，有两三只渔船离得不太远，以后有时间可以查问一下船上的人。眼下有几条线索可供调查，却没有一条是明确的。

当我再次回到死者身旁时，已经有几个人在围观。斯泰赫斯特自然还在那里，默多克找来了村里的警察安德森。安德森是一个高大结实、黄髭、笨拙的苏塞克斯类型的人——这种人笨重沉默的外表往往掩盖着机智的头脑。他正一言不发地倾听着，把我们说的要点都记录下来后，把我拉到一边说："福尔摩斯先生，希望你能帮助我。对我而言，这是大案子，如果出了差错，我的上级刘易斯就会训斥我。"

我让他马上找来他的上司，再找一个医生，在他们来之前任何人都不许破坏现场。趁此际，我搜查了死者的口袋，里面有一块手帕，一把大折刀，一个折叠式的名片夹子，里边露出一小片纸。我把它打开交给警察，上面是潦草的女性笔迹：

> 我一定来，请你放心。
>
> 莫德

这很像是情人的约会，但没有写明约会的地点与时间。警察把纸放回名片夹，连同其他的东西一起又放回柏帛丽雨衣的口袋。我建议我们彻底搜查峭壁基部后，便回家用早餐了。

一两个小时后，斯泰赫斯特过来告诉我尸体已抬到学校那里接受验尸。他还带来一些重要而真实的消息。不出我所料，壁底的搜查果然一无所得。但他检查了麦斐逊的书桌，发现了几封重要的信，写信者是伏尔沃斯村的莫德·贝拉密小姐，就是他身上那张纸条的书写者。

"警察拿走了信，"他解释说，"我没法把信拿来。但可以肯定这是一场严肃认真的恋爱。不过，这事儿和那个飞来横祸有什么关系呢？那个姑娘只不过和他约会了一次。"

"但至少不会在一个你们常光顾的游泳场吧。"我说。

"今天那几个学生没跟麦斐逊一起去，只是出于偶然。"

"真的是偶然吗？"斯泰赫斯特皱起眉头深思起来。"学生们被默多克留下了，"他说道，"他坚持要在早餐前讲解代数。他对今天的事很伤心。""但我听说他们两人有点矛盾。""有一个时期是如此。但是这一年来，默多克和麦斐逊却非常接近，默多克从来没有和别人如此亲近过，他的性情不太容易接近。""原来如此。我模糊记得你对我谈起过关于那只狗的吵架。""那已经是过去的事了。""或许俩人心存怨恨。""不可能，绝对不可能，我相信他们是真正的好朋友。""那调查一下那姑娘的情况吧。你认识她吗？""无人不知。她是本地的美人，真正的美人，无论在什么地方都会受人关注。我知道麦斐逊追求她，可没想到他们已经开始约会了。""能介绍一下她的情况吗？"

"她是老汤姆·贝拉密的女儿。伏尔沃斯的渔船和游泳场更衣室都

新探案

是他的财产。他最初是个渔民，现在已经相当富裕了。他和他儿子威廉共同经营产业。"

"咱们是否要到伏尔沃斯去见见他们？"

"找什么借口呢？"

"借口总是能找到的。不管怎么说，死者总不是自杀而死的吧，一定是别人干的，如果真是鞭子造成创伤的话。在这个人烟稀少之地，与他交往之人有限，只要咱们查遍了每一个角落，总能够发现某种动机，而动机又会引出罪犯。"如果心情不是被目睹的悲剧所影响的话，在这飘着麝香草味的草原上散步本来是愉快的享受。伏尔沃斯村坐落在海湾周围的半圆地带。在旧式的小村后面，盖了几座现代的房子。斯泰赫斯特领着我走向其中的一幢房子。

"这座有角楼和青石瓦的房子就是贝拉密所谓的'港口山庄'。对于一个白手起家的人来说这已经很不错了——嘿，你看！"山庄的花园门开了，走出一个人来，身材瘦削，神态懒散，不是别人，正是数学教员默多克。我们在路上和他相遇了。

"喂！"斯泰赫斯特招呼他。他点了点头，用他那古怪的黑眼睛瞥了我们一眼就要过去，但校长把他拉住了。

"你去那儿干什么？"校长问他。默多克气得涨红了脸："先生，在学校我是你的下属，不过我想眼下我没有义务向你报告我的私人行动。"

在经历了这一天的变故之后，斯泰赫斯特已经变得易怒了，否则他会耐住性子的。但这时他完全失控了。

"默多克先生，你的回答太放肆了！"

"你自己的提问也同样如此。"

"你再三表现出如此的放肆无礼，我再也无法容忍下去了。请尽快另谋高就！"

"我早就想走了。今天我失去了那个唯一使我愿意留在学校的人，

即使你想挽留我,我也一定要走。"说罢他就大踏步走了,斯泰赫斯特忿恨地瞪着他。"你听听,他说的是什么话?!"他气愤地喊道。而他给我留下的深刻印象却是他抓住了一个他可以脱离犯罪现场的时机。这时在我脑海里开始形成一种模糊的怀疑,也许访问贝拉密家可以澄清这个问题。斯泰赫斯特振奋起来,我们走进住宅。贝拉密先生已近中年,大胡子通红。他似乎处于愤怒之中,脸也变得通红。"不,先生,我不想知道任何细节。"他指了指屋子角落里的一个身强体壮、脸色阴沉的小伙子,"我们都认为麦斐逊先生追求莫德是对我们的一种侮辱。先生,结婚之类的话他从未提出过,但是经常和莫德通信、约会,还有许多我们都不赞成的做法。她没有母亲,我们是她仅有的保护人,我们打算……"这时他没有继续说下去,因为小姐进来了。不可否认,无论走到哪里她都是光彩照人的,美得让人炫目。谁能想象,一朵如此娇艳的花怎么会生长在这样的环境里和这样的家庭中呢?对于我这个向来以头脑控制心灵的人来说,女人从来不会对我产生巨大的吸引力,但是当我看到她那充满草原新鲜气息、完美娇艳的脸时,我相信任何一个青年都会心甘情愿地做她的俘虏。她推门走进来,睁着紧张的大眼睛,站到斯泰赫斯特面前。

"我知道弗茨罗伊已经死了,"她说,"请别有所顾虑,把详情全部告诉我。""是别人告诉我们这个消息的。"她父亲解释说。

"我妹妹和这件事无关!"小伙子咆哮道。妹妹狠狠地瞪了他一眼:"这是我自己的事,威廉,请你让我按自己的方式来处理。看来,他是被杀的,如果我能帮你们找出凶手,这就是我能为死者略尽的最微薄之力。"

我的同伴简要地向她介绍了情况。她那镇静而凝神的表情使我感到她不仅有惊人的美貌,而且有坚强的性格。莫德·贝拉密在我的记忆中将永远是一个完美优秀的女性。看来她已经知道我是谁,因为她对我说:"福尔摩斯先生,你一定要把罪犯抓住,让他接受法律的制裁。不

新探案

管他们是谁，你都会得到我的理解和帮助。"我仿佛觉得她一边说着一边示威似地瞟了一眼她父亲和哥哥。

"谢谢你，"我说，"我一向重视女人的直觉。你刚才说'他们'，你是认为牵涉到不止一个人？""因为我很了解麦斐逊先生，他勇敢而强壮，单单一个人欺负不了他。"

"我能与你单独谈谈吗？""莫德，"她父亲生气地喊道，"你最好不要干涉这件事。"她无奈地看着我："我能做些什么？""事实很快就会传遍社会，所以我们在这儿先讨论一下也无妨，"我说，"我本来想和你单独谈谈，但如果你父亲不同意，只好让他旁听。"然后我谈到在死者衣兜里发现的纸条。"这个纸条在验尸的时候必然会公布。你能解释一下吗？""这不是什么秘密，"她答道，"我们订了婚约。之所以没有宣布，仅仅是因为弗茨罗伊如果不按他叔叔的意愿结婚的话，他年老的即将过世的叔叔极可能会取消他的继承权。就这样。"

"你应该早些告诉我们！"贝拉密先生怒吼着。"爸爸，如果你对我们表现出一点点同情，我早就告诉你了。"

"我不会允许我女儿跟社会地位不相称的人交往。"

"正是你对他的偏见才使我们向你隐瞒。至于那次约会……"她从衣袋里掏出一张团成团的条子，"这是他写给我的纸条。"

亲爱的：
　　星期二日落之时在海滨老地方相见。这是我唯一空闲的
　时间。
　　　　　　　　　　　　　　　　　　　　　F. M.

"今天就是星期二，我本来是要去赴约的。"我把纸条翻过去看了看。"这不是邮寄来的，你怎么得到它的？""这个问题我不想回答，它

和你侦查的案情毫无瓜葛。其他一切有关的问题我保证尽力回答。"她遵守诺言,但没有提供有用的情况。她并不认为她的未婚夫有暗藏的敌人,但她承认自己有几个热烈的追求者。

"请问默多克先生是其中之一吗?"她脸红了,而且神情慌乱,"我曾经认为他是。但当他知道弗茨罗伊和我的关系以后,情况就大变了。"对那个怪人的怀疑再一次变得更加肯定了,必须调查他的档案,他的房间必须偷偷地检查一下。斯泰赫斯特自愿协助我,因为他也产生了怀疑。这样,我们从港口山庄回来时,感觉已掌握了乱麻中的一个头绪。

时光流逝,一个星期过去了。验尸没有什么新发现,只好暂停审理,寻求新的证据。斯泰赫斯特对他的数学雇员进行了谨慎的调查,也简单地查看了他的房间,都没有发现什么。我本人又把现场从头到尾仔细检查了一遍,不放过每个角落,也没有新的结论。在我们的探案记录上,细心的读者会发现我第一次对案子无能为力。我的想象力也无用武之地。后来发生了狗的事件,这是我的管家从那个奇妙的无线电里听到的,那里播报了许多乡村新闻。

"先生,坏消息,麦斐逊先生的狗。"一天晚上她忽然说道。

"麦斐逊的狗怎么了?"

"死了,先生,出于对主人的异常怀念而殉身。"

"谁告诉你的?"

"大家都在谈论这事儿。那狗异常激动,一个星期没吃东西。今天三角墙学校的两个学生发现它死在海滨,而且正是它主人死的那个地方。""就在那地方。"我深深地记住了这几个字。我已模糊地感到这必然是极其重要的问题。狗为主人殉身,这倒也合乎狗的善良忠诚的天性。但在原地点!为什么这个荒凉的海滨对狗具有危险性?难道它也是仇家的牺牲品?难道……是的,感觉还模糊,但一种新的想法已在头脑中渐渐形成。几分钟以后我就在学校斯泰赫斯特的书房里找到了他。在

新探案

我的要求之下,他找来了那两个发现狗的学生——撒德伯利和布朗特。

"是的,那狗就躺在湖边上,"一个学生说,"它一定是顺着主人的足迹去的。"后来我去检查了那条忠实的小狗,这是一条艾尔戴尔猎犬,它躺在大厅里的席子上,尸体僵硬,两眼凸起,四肢痉挛,全身到处都是痛苦的特征。

从学校出来后我径直走到咸水湖。太阳已经西沉,峭壁的黑影笼罩着湖面,波光粼粼的湖水闪着暗光,犹如铅板。这里渺无人迹,只有两只水鸟在天空中盘旋鸣叫。在渐暗的光线中,我依稀辨得清印在沙滩上的小狗的足迹,就在它主人放毛巾的那块石头周围。天色越来越黑,我站在那里沉思良久,脑海中思绪翻滚。每个人都体验过那种噩梦式的冥想,你明明知道自己所寻找的是非常关键的东西,也明知道它就在你脑海里,但它偏偏无法清晰地呈现,这就是那天晚上我独立于那个死亡之地时的精神状态。最后我转身茫然地走回家去。

当我走到小径尽头的时候,脑海里突然灵光一闪,我一下子抓住了那个我苦思苦等的东西。如果华生对我的描写已为众人所知,读者都知道,我这个人头脑中装了一大堆鲜为人知且毫无科学系统性的知识,但这些知识对我的业务是大有用处的。我的脑子就像一间大型贮藏室,里面堆满了样式繁杂的包裹,数量之大,使我对它们也只有一个模糊的概念了。凭直觉我感到我脑子里有一种那样的东西对目前这个案子很关键。它虽是模棱两可,但我有办法可以使它明朗化。它怪异得令人难以置信,但始终是可能的。我要验证它。

我家里有一个装满了图书的顶楼。我回家就钻了进去,折腾了一个小时。后来我捧着一本印着银字的咖啡色的书走了出来。我心急如焚地找到了我依稀记得的那一章。果然,上面的东西漫无边际而又奇异无比,但我一定要搞清实际情况,否则我无法安心。我睡得极晚,迫切地期待着明天做个实验。

福尔摩斯探案全集

但是我的工作遇到了恼人的打扰。我刚刚匆忙地咽下我的早茶，要起身到海滨去，苏塞克斯郡警察局的巴德尔警官就来了。他是一个沉稳、反应有些迟钝但有着深思的眼睛的人，他困惑不解地看着我说。

"先生，我知道你经验十分丰富。今天我来，不是正式的拜访，不须多说什么，但我对这个麦斐逊案实在感到不知所措。问题是，我是应该实行逮捕呢，还是不应该呢？""你说的是默多克先生吗？""对。除了他好像没有别人，地处偏僻就是这样。我们已经尽力把嫌疑人的范围缩到最小程度了。如果不是他，又有谁呢？""你有什么证据控告他？"他搜集情况的思路与我原来的设想完全相同。他注意到默多克的性格和他的神秘性，他那偶发的狂暴脾气，还有他过去和麦斐逊发生口角的事实以及他可能妒嫉麦斐逊对贝拉密小姐的追求。我原先掌握的要点他都了解到了，此外，并无其他。但有一点是新的，即默多克似乎打算离开此地。

"既然一切证据都于他不利，如果我放他走了，我该如何了结此案呢？"这位迟钝壮实的警官确实感到极其苦恼。

"你再仔细考虑一下，"我说道，"你的猜测是有漏洞的。在出事的那天早晨，他有不在现场的证据。他和学生在一起，一直到最后一刻。在麦斐逊死后他才从后面那条路走来，和我们照面。还有他不可能独自对一个和他一样强壮的人行凶。最后，还要涉及行凶所用的器具这个问题。"

"除了软鞭子还能有别的可能吗？"

"你研究伤痕了吗？""我看见了，医生也看见了。"

"但是我用放大镜非常仔细地观察过了，有些非常特别的地方。""怎么特别，福尔摩斯先生？"我从桌上拿起一张放大的照片，"这是我处理这类案件的方式。"我解释说。"福尔摩斯先生，你做事确实既细心又彻底。""不然我也就不是侦探了。咱们来研究一下这条右肩上的伤

新探案

痕,你能看出特别之处吗?"

"看不出来。"

"这条伤痕的深度显然不是一样的,这儿是一个渗血点,那儿也是一个渗血点。还有这条伤痕也是如此,你说这暗示着什么?"

"我想不出。你说呢?""我现在还说不准。我也许很快能找出更为明确的答案。凡是能说明渗血点的证据都大大有助于找到凶手。"

"我有一个可笑的比喻,"警官说,"这有些像把一个烧红的网放在背上,血点就表示网线交叉的地方。""这个比喻很妙,也许我们可以更确切地说,是那种有九根皮条的鞭子,上面有许多硬疙瘩,你认为如何?""对极了,福尔摩斯先生,我也认为如此。"

"但致伤原因也可能完全相反,巴德尔先生。总之,一句话,你逮捕他的证据很不充分。再者,死者临终还说过'狮鬃毛'呢。"

"我曾猜想'狮'是不是'伊恩'……""这个我也想过了,但第二个词绝不可能是'默多克'。他是尖声喊出来的,我肯定是'狮鬃毛'。""还有其他的想法吗,福尔摩斯先生?""有一点。但是在没找到更可靠的依据以前我不想说出来。""那什么时候能找到呢?""一小时以后,也许比这还早。"警官摸着下巴,不信任地看着我。

"我真希望能猜出你脑子里的想法,福尔摩斯先生。可能是那些渔船。""不可能,那些船离得太远了。""那,是不是贝拉密父子俩?他们对麦斐逊从无一丝好感。他们会不会教训他?""在我有确凿依据之前我想保持沉默,"我含笑说道,"警官先生,咱们都有自己的工作要做,如果你中午能来……"

这时我们的谈话被打断,本案的结局也从此开始。我外屋的门突然被撞开,接着过道里响起了跌跌撞撞零乱的脚步声,伊恩·默多克跟跄跄跄闯进屋来,面色惨白,头发蓬松,衣服零乱,瘦削的手抓住桌子勉强站立着。"白兰地!快拿白兰地!"他气喘吁吁地说,说完就呻吟着

倒在沙发上了。

他不是独自一人，斯泰赫斯特紧随其后，没戴帽子，几乎像默多克一样衣衫不整。"快拿白兰地来！"他也喊道，"他快撑不住了。我用尽了力气才把他弄到这儿来，他已在路上昏过两次了。"他喝下了半杯烈酒后，突然一只手支撑着，抬起身子，把上衣甩了下来。"快，拿油来，吗啡，吗啡！"他喊道，"随便什么，快治治这非人的痛苦吧！"

一看见他的背，警官和我不约而同地大声喊了起来。他的肩膀上布满相同的网状的红肿伤痕，与麦斐逊的致死创伤完全相同。那痛苦显然是极其恐怖骇人的，而且绝非局部症状，他的呼吸不时中断，脸色青白，两手死死地抓住胸口喘气，额头冒出大颗汗珠，他随时都可能死去。我们不断地给他灌下白兰地，每一次都能使他的身体好转一些。我们又用棉花蘸菜油涂抹了伤口，这似乎可以减轻他的痛苦。最后他的头沉重地歪在一边。当生命的机能陷于极度疲惫之际，就会躲进睡眠这个生命之库完全放松地休息，这种半沉睡半昏迷的状态至少可以使他暂时脱离苦海。

要他答话是不可能的，情况稍稳定之后斯泰赫斯特就对我说："天呐！你能否解释，福尔摩斯先生，到底是怎么回事啊？""你在什么地方发现他的？""在海滨，就在麦斐逊死的地方。如果他的心脏也像麦斐逊那样衰弱，他早就去见上帝了。在路上有两次我都觉得他挺不住了。去学校的路太远，所以上你这儿来了。""你看见他在海滨吗？"

"当我听见他的喊叫声时他正在峭壁的小路上走。我过去一看，他站在水边上，像是酩酊大醉。我立即跑过去，给他披上衣服，扶他到了这儿。啊，福尔摩斯，看在上帝的面上，请你赶快想办法给这地方除去这个大祸害吧，这地方简直没法儿再居住了。难道连你这么有名望的人也没有办法解决吗？"

"办法不是没有。斯泰赫斯特，跟我来！还有你，警官，都来！我

新探案

倒要看看凶手怎么逃出我的手掌!"昏迷的病人交给了管家后,我们三人来到那致命的咸水湖边。在石头上还留着默多克的一小堆毛巾和衣服。我绕着水边缓缓地走着,他俩则有先有后地随我而行。湖的大部分地方很浅,但在峭壁下面海岸弯进去的地方有四五英尺深。湖水清澈似水晶,这自然是游泳者必来之地。在峭壁基部有一排石头,我沿着石头走去,向水里望去。就在水的最深最静的地方,我终于找到了我要搜寻的东西,我欢叫起来。

"狮鬃毛!"我喊道,"狮鬃毛!快来看狮鬃毛!"这怪东西真像是一团狮鬃毛,它粘在水下三英尺深的一块礁石上,随波摇动,在黄色毛束下面有许多银色的条条。它缓慢而沉重地一张一翕。

"这东西伤害了两个人,它该死了!"我喊道,"斯泰赫斯特,帮帮忙,打死这个凶手!"礁石上方恰好有一块大石头,我们合力去推,它"哗"的一声落入水中。等水波澄清以后,我们看见大石刚好压住了礁石,边上淌出黄色粘膜,显然水母被压在下面了。一股浓浓的油质粘液从石头下面挤了出来,把水染了一片,慢慢浮到水面。

"嘿,这东西我可是不知道!"警官喊道,"福尔摩斯先生,这到底是什么?我是在这一带土生土长的,但这种东西从来没见过。这不是苏塞克斯本地的产物。""有它太可怕了,"我说道,"也许是西南风把它吹来的。你们俩跟我回家,我给你们读一段某人在海上遭遇它后永远也无法忘却的可怕经历。"

回到书房,默多克已经恢复到可以坐起来的程度。他感到头晕目眩和一阵阵痉挛性的疼痛。他断断续续地说,根本不知道怎么回事,只是突然间感到极度疼痛,拼了命才爬上了岸。

"这本书,"我说,"第一次阐明了这个也许永远也说不明白的问题。书名是《户外》,作者是有名的自然观察家 J. G. 伍德。有一次,他碰上这种动物,死里逃生,所以他详细阐述了它。这种害人不浅的动

物的毒性堪比眼镜蛇,而造成的痛苦却大大地超过了眼镜蛇。我来读一点摘要:

若游泳者看到一团蓬松圆形的褐色粘膜和纤维,如同一大把狮鬃毛和银纸时,一定要倍加小心,它就是可怕的螯刺动物狮鬃毛。

你看,已经够清楚的了。

"下面伍德讲述了一次在肯特海滨游泳时碰上一个狮鬃毛的经历,他发现这个动物伸出一种几乎看不见的长达五十英尺的丝状体,凡是触到丝状体的人都有生命危险。伍德即使是在远处触及的,他也几乎丧命。

无数的丝状体使皮肤迅速出现红肿的条纹,细看,则是细斑或小疱,每一斑点犹如有一烧红的细针在刺伤神经。

"他解释说,局部疼痛只是整个笔墨难以形容的痛苦中最轻微的那一部分。

剧痛向整个胸部蔓延,我像中了枪弹一样仆倒在地。心跳突然停止,继之以六七次狂跳,犹如心脏要冲出胸腔。

"他差一点就因此丧命,尽管他只是在流动的大海中触及毒丝,而不是在水波平稳的湖中。他说,中毒后他都认不出自己的面目了:苍白异常、皱纹密布、憔悴变形。他吞了一整瓶白兰地,似乎借此得以保全性命。警官先生,我把这本书交给你,它已经充分说明了麦斐逊的

新探案

悲剧。"

"而且同时还了我一份清白。"默多克插了嘴,脸上带着嘲讽的微笑,"警官先生,我不怪你。我也不怪你,福尔摩斯先生,因为你们的怀疑我是可以理解的。我觉得,我被洗刷了嫌疑,只是因为我可怜的朋友的悲剧在我身上重演了。"

"不对,默多克先生,我已经着手揭开谜底了。如果我按预期计划早一点儿到海滨去,我可能就会使你避免这场灾难。""但你是从何得知的呢,福尔摩斯先生?""我是一个杂家,什么乱七八糟的知识都注意积累。'狮鬃毛'这几个字始终在我脑子里盘旋,我知道我一定在什么古怪的记录上读到过它。你们都看见了,这几个字很形象,能准确地描述那个怪物。我相信,麦斐逊看见它的时候,它必定是浮在水面,而这几个字是他当时能想出的唯一名称。"

"至少我是无辜的了,"默多克说着慢慢站了起来,"还想说几句,因为我知道你们私下里调查过我。我曾经爱过那个姑娘,但自从她选择了我的朋友麦斐逊那天起,我唯一的心愿就是帮助她得到幸福。我心甘情愿做他们的联系人,给他们互传信件。因为我是他们的知心朋友,而且我把她当做我最亲近的人,我才匆忙赶去告诉她麦斐逊的噩耗,我这样做是不希望别人抢在我前边用突然和冷酷的方式把灾难通知给她。她不肯把我们的真实关系告诉你,是怕你们怀疑我。好,请原谅,我必须回学校去了,我需要躺上几天。"

斯泰赫斯特向他伸出手说:"对不起,这几天我们都太紧张了,默多克,请你忘记过去的误会,咱们将来会更好地了解彼此。"说完他们携手走了出去。警官没有走,睁着大眼睛瞧着我。"哎呀,你可真了不起啊!"最后他喊道,"我虽然读过你的事迹,但一直是将信将疑。你真的让人很佩服啊!"

我只好苦笑着摇摇头,接受这种恭维等于降低我的水准。

"开头我也很迟钝——这种迟钝可以说是犯罪。如果尸体是在水里发现的,我会立刻破案。毛巾蒙蔽了我,我认定可怜的麦斐逊没下过水,其实是他来不及擦干身上的水。这是我犯错误的关键处。哈哈,警官先生,过去我时常取笑你们警察厅的先生们,这回狮鬃毛算是为警察厅报了仇。"

新探案

带面纱的房客

我手中掌握着数量庞大的关于福尔摩斯办案的资料，这缘于福尔摩斯的业务活动已有二十三年之久，并且我在十七年中一直是他忠诚的合作伙伴和案情记录者。对我而言，问题不是如何找资料，而是如何选择。书架上摆满了逐年记录的文件，还有许多塞满了材料的文件箱，这一切不仅对于研究犯罪的人来说，即使对于研究维多利亚晚期社会及官方丑闻的人来说，也不亚于一个完整的资料库。关于官方丑闻，我可以保证，凡是那些写过焦虑的来信要求为他们的家庭荣誉和声名显赫的祖先保守秘密的人，都大可放心。我在选材时，依然牢记福尔摩斯特有的谨慎态度和高度的职业责任感，绝不会辜负大家对我们的信任，对近来有人企图攫取和销毁这些文件的行为我是坚决反对的。此次事件的指使者为何人，我们早已了然于心，我代表福尔摩斯先生宣布，类似行为若再有发生，一切有关某政客、某灯塔以及某驯养的鸬鹚的全部秘密将公诸于世。对此，我相信至少有一个读者是很了解的。

再者，我曾在回忆录中不遗余力地再三说明，福尔摩斯并非在每一个案件中都大显身手，显示出他那特异的洞察力和观察分析的天才。有的时候他也必须花费极大力气去摘果实，但有时果实则自动掉在他怀里。常常是最骇人听闻的人间悲剧却成了最不给他显示个人才能机会的案件，现在我要叙述的就是这样一件案子。我稍稍改换了姓名和地点，除此以外，皆为事实。

一八九六年末的一天上午，我收到福尔摩斯一张语气甚急的条子，要我立即前去。我赶到一看，他正坐在烟雾缭绕的屋里，在他对面的椅

子里坐着一位年纪略大、唠唠叨叨的肥胖妇女。

"这位是南布利克斯顿区的麦利娄太太,"我朋友抬手介绍说,"麦利娄太太不介意吸烟,华生,你可以畅快地享受你那不良爱好了。麦利娄太太要讲一个有趣的故事,它可能有所发展,所以你不妨来听听。""但愿我能够有所收益。""麦利娄太太,如果我去访问郎德尔太太,我希望带个见证人同去。请你回去先把这话告诉她。""没什么,福尔摩斯先生,"客人说,"她很急切地想见到你,即使你把全教区的人都带去她也不在意。"

"那我们今天下午早一点去。出发前,我们得保证准确掌握事实。咱们再来叙述一遍,帮助华生医生掌握情况。你刚才说,郎德尔太太已在你的房子里住了七年,而你只见过一次她的脸。"

"上帝呀,我真的希望从未看见过!"麦利娄太太说。"她的脸伤是很可怕的吧!""福尔摩斯先生,那简直不能称之为人的脸,可怕极了。有一次送牛奶的人看见她在楼上窗口张望,吓得连奶桶都扔了,弄得花园前面到处淌着牛奶。她的脸就是这样,可怕吧?有一次我不经意看见了她的脸,她立刻就盖上了面纱,然后她说:'麦利娄太太,现在你明白我为什么总戴面纱了吧。'"

"她的过去你知道吗?""一点也不知道。""她刚来住的时候有介绍信一类的东西吗?""没有,但她有的是现钱。预交给我一季度的房租,而且不讨价还价。这年头儿,像我这么一个孤苦无依的人怎么能拒绝这样有钱的客人呢?"

"她说没说选中你的房子的理由?""与大多数别的出租的房子相比,我的房子离马路较远,更为僻静,再说,我只招一个房客,我自己也没家眷。我猜她大概已找过别的房子,但最中意的还是我的房子。她需要的是僻静,她不怕花钱。""你说她来了以后从来没有露出过脸,除了那次意外,这倒是一件奇特的事儿,非常奇特。难怪你想调查了。"

新探案

"不是我要求调查,福尔摩斯先生。对我来说,只要能拿到房租,我就心满意足了。她真是最安静、最省心的房客了。""那又是什么问题呢?""是她的身体状况,福尔摩斯先生。她虚弱得要死了,而且心里仿佛有挥不去的阴影。有时她做梦会喊'救命'一类的话。还有一次夜里她喊的是:'你这个魔鬼!你这个残忍的家伙!'喊声全宅子里都听得见,我吓得全身都发抖。第二天一早我就找她去了。'郎德尔太太,'我说,'如果你心里有不能对我说的负担,你可以找牧师,还有警察,他们会帮助你的。''哎呀,我可不要警察!'她说,'牧师也无法改变往事,但是,如果在我死之前能有人倾听我的诉说,我倒可以舒心些。''哎,'我说,'要是你不愿找正式警察,还有一个报上登的那个有名的侦探——福尔摩斯先生。'她呀,一听就同意啦。'对啦,这个人最合适不过了,'她说,'是呀,我怎么没想起他呢,麦利娄太太,麻烦你尽快把他请来。如果他不来,你就告诉他我是马戏团的郎德尔的妻子。你再给他一个地名——阿巴斯·巴尔哇。'这个字条儿就是她写的。她还说:'如果他就是我听说的那个人,见了地名他一定不会拒绝。'"

"是要去的,"福尔摩斯说,"好吧,麦利娄太太,我先跟华生医生谈一谈,现在可能要开午饭了。三点钟左右我们可以到你家。"我们的客人刚刚像鸭子那样扭出去,歇洛克·福尔摩斯就一跃而起,钻到屋角那一大堆摘录册中去了。几分钟之内我只听得见翻纸页的哗哗声,最后他满意地嘟哝了一声,一定是找到了既定的目标。他兴奋极了,顾不上站起来,而是像一尊怪佛一样两腿交叉坐在地板上,四周摆满了大本子,膝上还放着一本。

"这个案子当时就让我很是头疼,华生。这里的旁注可做证明。我承认我侦破不了这个案子,但我又深信验尸官的报告是错误的。那个阿巴斯·巴尔哇悲剧你不记得吗?""一点也想不起来了,福尔摩斯先

生。""但你当时是和我同去的,现在我的印象也淡了,一方面是没有得出明确的结论,另一方面,当事人也没请我帮忙。你愿意看记录吗?""你讲讲要点吧。""这倒不难,也许我一说你就会马上想起来当时的事。郎德尔这个姓众所周知,他是沃姆韦尔和桑格的竞争者,而桑格是当年最大的马戏班子。不过,出事时,郎德尔已经成了酒鬼,他本人和他的马戏团都已经江河日下了。他的班子在伯克郡的一个小村子阿巴斯·巴尔哇过夜的时候发生了一个悲剧,当时他们是在前往温布尔顿的半路上。那时只能宿营,因为那个村子太小,不值得表演。

"马戏班子里当时有一只叫撒哈拉王的硕大而雄壮的非洲狮。郎德尔和他妻子经常在狮笼内进行表演。这儿还有剧照。郎德尔长得十分魁梧,像个野猪,但他妻子却是个十分漂亮的女人。验尸时有人发誓说当时狮子早已表现出危险的征兆了,但人们由于天天接触它而产生了轻视的心理,这种思维定势导致没人理会这些征兆。

"通常都是由郎德尔或他妻子在夜晚喂狮子。有时只有一人去,有时两人同去,但从来不允许别人去喂,因为他们认为,通过喂食会培养狮子对人的感情。七年以前的那天夜里,他们两人一同前去喂狮子,结果发生了惨剧,真相一直不明。

"接近午夜时分,全营地的人都听到了狮子的吼声和女人的尖叫声。马夫和工人陆续拿着灯笼,从各自的帐篷里出来,举灯一照,看见一幕可怕的景象。朗德尔趴在离笼子一米多远的地方,后脑塌陷,上面有深深的爪印。笼门已打开,郎德尔太太仰卧在门外,狮子蹲在她身上吼叫着。她的脸被撕扯得血肉模糊,谁也没想到她还能活下来。在大力士雷奥多纳和小丑格里格斯的带领下,几个马戏演员用长竿将狮子赶走。它一跳回笼子,大家立刻关上了门。但狮子究竟是怎么出来的却一直是个不解的谜。人们认为他俩想进笼内,但门一打开狮子就跳出来扑倒了他们。在证据中唯一值得深思的一点是那女人被抬回卧室后,在昏迷中总

新探案

是喊'胆小鬼！胆小鬼'，直到半年以后，她的身体才逐渐恢复，但验尸程序早已照常进行完毕，结论理所当然就是事故性死亡。"

"难道还有其他的可能吗？"我问。"你这样说也不无道理，但有那么一两点情况使伯克郡警察——年轻的埃德蒙颇费脑筋。他是个聪明的小伙子！后来他被派往阿拉哈巴德去了。我之所以介入这件事儿，是因为他来访问我，边抽烟边谈起了这个案子。"

"就是一个瘦瘦的、头发发黄的人吗？"

"正是。我就知道你会记起来。"

"他有什么担心的？"

"他和我都充满疑惑。问题在于我们根本无法想象出事件发生的全部过程。你从狮子的立场来想一想。它被放了出来，向前跃了五六步，到郎德尔面前，他转身逃跑，但狮子把他扑倒。然后，它不再继续向前，反而转身奔向女主人，并把笼边的她扑倒，咬伤了她的脸。她在昏迷中的叫喊好像是说她丈夫背叛了她，但那时他根本无法帮助她。这不是破绽吗？""看出来了。""还有一点，有证据表明，就在狮子吼和女人叫的同时，还出现了一个男人恐怖的叫声。""也许是郎德尔的。"

"既然他的头骨已经那样了，大概很难再听见他的叫声。至少有两个证人证实有男人的叫喊声混杂在女人的尖叫声中。"

"我想当时大概全营地的人都在大声叫喊，其他疑点我倒是有一种看法。""说吧。""他们本是一同去喂食的，当狮子冲出来时，他们与笼子的距离有十米远。对于那女人来说，此时笼子是她唯一可以避难的地方，于是她奔向笼子，快要跑到门口时，狮子跳过去把她扑倒。她恨丈夫临阵逃脱而刺激得狮子更加狂暴，如果他们和狮子直接相对，也许会吓退它。所以她喊'胆小鬼！'"

"很巧妙，华生！但有一处漏洞。"

"什么漏洞？"

"如果两人都离狮子十多米远，狮子怎么会出来呢？""也许是仇人给放出来的！"

"狮子平时跟他们一起嬉戏，跟他们在笼内表演杂技，为什么这次却恩将仇报呢？"

"也许那个仇人故意激怒了狮子。"

福尔摩斯沉思起来，有几分钟沉默。

"华生，有一点可以证明你的看法有纰漏。郎德尔生平多次树敌。埃德蒙对我说，他酒后狂暴不堪，他又长得魁伟，见人就胡乱打骂。我想，刚才客人说的郎德尔太太夜里喊魔鬼，一定是梦见死去的亲人了。但是不管怎样，事实未明以前咱们也只能是猜测而已。好吧，华生，食橱里有盘冷山鸡，还有一瓶勃艮地白葡萄酒，咱们走访之前先补充一下体力。"

当我们的马车停在麦利娄太太家前面时，她的胖身子正堵在门口。那是一座简单而僻静的房子。显然她极怕失去这位稀有且富有的房客，在带领我们上去之前她一再嘱咐我们千万不要过多说什么或做什么使她失去这位房客。我们答应了她，接着又跟随她走上一个铺着破旧地毯的直式楼梯，然后被引进了神秘房客的房间。

这间房子很沉闷，有些霉味。显然通风不良，因为主人常年不到户外，这也就不足为奇了。因为古怪的命运，这个女人已从一个惯于把动物关在笼子里的人变成一个关在笼子里的动物了。她在阴暗屋角里的一张破沙发上坐着。常年不活动，使她的身材变粗了，但她那当初迷人的身材，现在也依然丰腴动人。她头上戴着一个深颜色的不长的厚面纱，露出一张饱满的嘴唇和圆润的下颏。可以想象出，她当年必是一位丰姿绰约、美艳绝伦的女人。她的音色抑扬顿挫，非常悦耳。

"福尔摩斯先生，你对我的姓氏应该还算熟悉吧，"她说，"我知道你会来的。""是的，太太，不过我不明白你为何认为我会对你的情况感兴趣

新探案

呢?""我身体康复以后,当地侦探埃德蒙先生曾找我谈过,我从他口中得知的。我没对他讲实话,或许我聪明反被聪明误。""一般地说,讲实话是最聪明的。但是你为什么对他说谎呢?""因为另一个人的命运与我的话密切相关。我虽明知他的存在没有价值,但我还是不愿毁了他。我们的关系曾经是那么近——那么近!""现在这个障碍消除了吗?""是的,他已经死了。""那你为什么不把一切都告诉警察呢?""因为有另一个人需要照顾,这个人就是我自己。我受不了警察法庭审讯所带来的流言蜚语。我的日子不多了,但我要死个清静。在我死之前,我有一个心愿要了结,就是把我的可怕经历告诉一个头脑清醒的人,这样即使我死了真相也会大白于天下的。"

"太太,你太看重我了,我也肩负着社会责任,不能保证听完你的故事后一定不会报警。""我同意你的想法,福尔摩斯先生。我对你的人格和工作方式很了解,因为这些年来我都在拜读华生的探案记录。命运带给我的唯一快乐就是阅读,因此,社会上发生的事情我很少有漏掉不读的。不管怎么说,我愿意碰碰运气,不管你怎样利用我的悲剧,事情说出来我就安心了。"

"我们很愿意听你讲。"那妇人站起来从抽屉里拿出一个男人的照片。他显然是一个职业的杂技演员,身材健美,粗壮的双臂交叉在凸起的胸肌之前,在浓胡须下面有张微笑的嘴唇,分明流露着一个多次征服异性者洋洋自得的神情。

"他叫雷奥纳多。"她说。

"就是作证的那个大力士吗?"

"正是。再瞧这张——我的丈夫。"

这张脸丑陋至极——一个人形猪猡,更准确地应该说是人形野猪,因为野猪具有强大可怕的野性。人们可以想象这张丑恶的嘴在勃然大怒时喷着口水的狂叫,也可以想象这双凶狠的小眼睛对人射出的极其恶毒的目光。无耻、

恶毒、野蛮——这一切就是这张大下巴脸的真实写照。

"先生们,这两张照片可以帮助你们了解我的经历。我是一个出身贫寒的马戏演员,十岁以前已经能表演跳圈了。我还没有长大时,这个男人就疯狂地爱上我了,如果他那种情欲可以称为爱的话。我很不幸地成为他的妻子,从那一刻起,我就一直生活在地狱的底层,他就是百般虐待、折磨我的魔鬼,马戏班的人对此无人不晓。他甚至去找别的女人我都不敢抱怨,否则他会把我捆起来用马鞭子抽打。大家都非常怜惜我,也非常憎恶他,但谁都无能为力,没有不怕他的。他每时每刻都可怕,喝醉时就像一个凶狠的杀人犯。他多次因打人和虐待动物而受到传讯,但他有很多钱,根本不在乎罚款。如此行为愈演愈烈,最后导致许多优秀的演员离我们而去,马戏班开始走向下坡路。全靠雷奥纳多和我,加上小格里格斯那个丑角,才把班子勉强维持下来。格里格斯最可怜,他没有多少快乐的事儿,但他还是尽量支撑着局面。

"后来雷奥纳多有意接近我,他的外表很英俊,但时至今日我才见识到他那优美躯体内潜藏着的卑怯。即使这样,与我丈夫相比,他仍然是天使。他可怜我,帮助我,后来我们之间产生了爱情——是深沉热烈的爱情,我多年来对这种爱情梦寐以求。但我丈夫却对我们的关系有所察觉了。他虽然残暴,却惧怕雷奥纳多。他开始报复,我被折磨得痛不欲生。有一天夜里我喊叫得太凄惨了,雷奥纳多在我们的篷车门口出现了,险些酿成悲剧。事后我俩觉得我丈夫不该再继续折磨我了,他不配活在这个世上,他应该去死。

"雷奥纳多十分聪明,那个办法是他想出来的。我并非故意推卸,因为我对他惟命是从,我一辈子也想不出这样的主意。我们做了一个棒子——是雷奥纳多做的,他在头上安了五根长钢钉,尖端朝外,正像狮爪的形状。我们打算用这棒子打死我丈夫,再放出狮子来,造成狮子杀死他的假象。

新探案

"那天我跟我丈夫照例去喂狮子时,天漆黑一片。我们的锌桶里装着生肉。雷奥纳多事先隐藏在我们必经的大篷车的拐角处。他动作太慢,我们已经过去了,他还没动手。但他偷偷跟在了我们背后,接着我听见棒子击裂我丈夫头骨的声音。一听见这声音,我的心兴奋地加快了跳动。我冲到笼子前,把门闩打开了。

"接下来的事十分可怕。你们大概听说过野兽对人血的味道是极其敏锐的吧,人血对它们有极大的诱惑力。那狮子立刻就闻出了鲜血的味道。我刚一打开门闩它就跳出来,立刻扑到我身上。如果雷奥纳多当时跑上前用那棒子猛击狮子,也许会把它吓退,这样就可能救走我,但他已经吓破了胆。我听见他吓得大叫,后来看见他转身逃走。这时狮子对着我的脸咬了下去。在它那又热又臭的呼吸气息下,我已感觉不到疼痛了。我用手拼命想推开那个冒着热气、沾满鲜血的巨大嘴巴,同时尖声呼救。我觉得全营地的人都被惊动了,后来才知道是雷奥纳多、格里格斯,还有别人,把我从狮子爪下拉走。这就是我最后的记忆,福尔摩斯先生,我一直痛苦地过了几个月才好转过来。当我清醒之后,在镜子里看见我的模样时,我是多么痛恨诅咒那个狮子啊——并非因为它夺走了我的美貌,而是因为它为什么没有夺走我的生命!福尔摩斯先生,这时,我只有一个愿望,并且我有足够的钱可以实现。那就是用面纱遮盖住我的脸,不让任何人看见,找一个没有熟人能找到我的地方隐居下来。我能做的也就这一件事。我实现了,就像一只可怜的受伤的动物爬回它的洞里去孤独地了却一生。"听完这位妇女不幸的经历,我们沉默了很久。福尔摩斯伸出他那长长的胳膊握了握她的手,表现出他那难得的深深的同情。

"可怜的姑娘!"他说道,"可怜的人!命运真是难测啊。来世是有报应的,否则这世界就是一场残忍的游戏。雷奥纳多这个人后来如何?"

"我再也没有看见或听说过他。也许我不该这样恨他,但一个女人

的爱不是说想放下就能放下的。当我在狮子的爪下生命岌岌可危时,他背弃了我,在我最需要他的关怀与安慰时,他离我而去。即使如此,我还是没忍心让他死。对我自己而言,不论什么后果我都无所谓,世界上还有比我现在这样活着更可怕的吗?但我最终还是留下了他的性命。"

"他现在死了吗?""上个月我从报纸上得知他在马加特附近游泳时溺水而死。""那个五爪棒他是怎么处理掉的?棒子是你的叙述中最奇特、最巧妙的东西。""我也不知道,福尔摩斯先生。营地附近有一个白垩矿坑,矿坑下面是一个很深的绿色水潭,也许他扔在那里了。""这些说出来关系也不大了,毕竟案子早已了结了。""是的,"那女人说,"已经结案了。"我们刚要告辞,福尔摩斯忽然想起了什么似的,突然转过身来对她说:"你的生命不只属于你自己,"他说,"你没有权力自杀。""难道它的存在还有什么意义吗?"

"你怎么知道没有意义呢?在这样一个缺乏耐心的世界里,坚强而忍受着痛苦,这本身就是最为宝贵的。"

她的回答是骇人的,她一把扯掉面纱,走到有光线的地方来。

"你能受得了吗?"她说。

那是异常恐怖的景象。脸已经被毁掉,在它面前,语言苍白无力。在那已经烂掉的脸上,一双活泼而美丽的黄眼睛透出悲哀的光芒,对比之下显得更加可怕。福尔摩斯怜悯而愤然地举起一只手。我们默默离开了这间屋子。

两天以后,我去拜访老朋友,他洋洋自得地用手指了指壁炉架上的一个蓝色小瓶。瓶上有一张红签,标有剧毒字样。我打开瓶盖,闻到一股杏仁甜味儿。"是氢氰酸?"我说。"不错,是邮过来的,纸条上写着:'把诱惑我的东西寄给你。我听从你的忠告。'华生,这位勇敢的女人是谁,我看不需要再言明了吧?"

新探案

肖斯科姆别墅

歇洛克·福尔摩斯已弯着腰在一个低倍显微镜上面观察了许久,现在他直起身来,以一种胜利者的姿态看着我。

"华生,这是胶,"他说,"我确信是胶。你来看看旁边的这些东西!"我俯身到目镜前调好焦距。"那些纤维是花呢上衣的。那些各种形状的灰色团块是灰尘。左边还有上皮鳞层。中间这些褐色的粘团肯定是胶。""好吧,"我笑着说,"我同意你的看法。这能说明什么问题吗?""这是个有力的证据,"他答道,"你能想起圣潘克莱斯案中被害的警察旁边发现的那顶帽子吧。嫌疑人否认那是他的,但他是一个经常用胶的画框商。"

"是你办的案子吗?""不是,是我帮我的朋友——警场的梅里维尔办的一个案子。我在被告的袖缝中找到锌和铜屑,因此推断他是伪币制造者以后,他们就意识到显微镜的重要性了。"他不耐烦地看了看表,"我有个新主顾要来,已过了预约时间。对了,华生,你懂赛马吗?""应该说懂一点,我的负伤抚恤金有半数浪费在这上面了。"

"那你就暂时充当我的'赛马指南'。你听说过罗伯特·诺伯顿吗?记得这个名字吗?""当然。他住在肖斯科姆别墅,我对那儿了如指掌,因为我曾在那里住过一个夏天。有一次诺伯顿差一点进入你的业务范围。""怎么回事?""他在纽马克特用马鞭几乎把萨姆·布鲁尔打死,此人是科尔曾街的一个放债人。""嘿,他真有意思!他常那么干吗?"

福尔摩斯探案全集

"是的,他可是有名的危险人物。据说他是英国最胆大妄为的骑手了——几年前是利物浦障碍赛马的第二名。他与自己生活的时代格格不入。如果在摄政时期,他一定是个公子哥儿——拳击家、运动家、拼命的骑手、花花公子,并且一时走了下坡路就再也不会回头了。"

"了不起,华生!你的介绍简明扼要,就像见到真人一样。你能告诉我一些肖斯科姆别墅的情况吗?""我只知道它位于肖斯科姆公园的中央,著名的肖斯科姆种马饲养场和训练场也在那儿。""教练官是约翰·马森。"福尔摩斯说,"别惊讶,华生,我刚看的这封信就是他寄来的。咱们还是再谈谈肖斯科姆吧。我像是遇上了丰富诱人的矿藏。""那儿有肖斯科姆长毛垂耳狗,"我说,"在所有的狗市上它们都是声名显赫的。这是英国一流的狗。肖斯科姆的女主人以此为荣。"

"女主人是罗伯特·诺伯顿爵士的妻子喽?""罗伯特爵士没有结婚。这对于他的将来也是件好事。他和他丧偶的姐姐比特丽斯·福尔德夫人住在一起。""你是说他姐姐住在他家里?""不,不。这个宅子其实归她的前夫詹姆斯所有。罗伯顿先生在这儿没有任何产权。在夫人有生之年,产业的利钱归她,在她死后房产则归还她的小叔子。她只是每年收租钱。""估计这些租钱就由罗伯特花了吧?""差不多。他是一个随心所欲、不计后果的家伙,一定使她过得不舒心,可是我听说她对他非常好。那么,肖斯科姆出了什么乱子呢?""啊,这正是我想知道的。我想能为我们解释此事的人来了。"门打开了,走进来一个整洁、高大的人,他那种坚定、严肃的表情表明他很适合去管教马或男孩子之类,马森先生也确实如此,他身兼双职,而且同样胜任。他镇定自若地鞠了个躬,在福尔摩斯指给他的椅子上坐下。"福尔摩斯先生,我的信你收到了?""是的,可是你的信里没有什么解释。"

"这件事十分敏感,而且也相当复杂,不好一一写在纸上。我只能

新探案

和你面谈。""好吧,你说吧。"

"首先,福尔摩斯先生,我觉得我的主人疯了。"福尔摩斯扬起眉毛,"这是很严肃的事情,"他说,"你这样说有根据吗?""先生,一个人做一两件古怪的事情尚可理解,但是如果他做的每件事都那么不同寻常,稀奇古怪,那你就会不由自主地产生怀疑的。我觉得肖斯科姆王子和赛马大会把他给弄得神经失常了。"

"肖斯科姆王子?是你驯的一头小马吗?""是全英国最好的马,福尔摩斯先生,这一点我绝对有把握。现在我可以坦诚相告,因为我知道你是一位正直的绅士,此事不会外传。在这次赛马比赛中,罗伯特爵士只能取胜。他已经铤而走险了,他把他能弄来的所有的钱都押在这匹马上了,而且赌注的比值很悬殊。一比四十已经足够了,但他押的是近于一比一百。""如果马果真如此棒,他为什么要这样呢?""但是别人不知道,罗伯特爵士可没轻视那些马探子。他把王子的同父异母的兄弟拉出去兜风,谁也辨别不清它们。可一驰骋起来,跑上二百米它们之间就会出现距离。他心里装的全是马和赛马的事,这是他的生命。他目前尚可应付高利贷债主,但是王子一旦失败,他也就破产了。"

"真是一场孤注一掷的赌博,可是你凭什么认为他疯了呢?""首先,是他憔悴的面孔。没人相信他晚上睡过觉,他整天呆在马圈里。他两眼发直,神经绷得快断了。还有他对比特丽斯夫人的行为!""什么行为?""他们感情一直很好。他们兴趣相同,她也像他一样爱马。她每天准时坐车来看她最宠爱的王子。一听到石路上的车轮声,王子就立起耳朵,小跑到车前去吃那块糖,可现在一切都结束了。"

"为什么?""她对马似乎已经完全失去了兴趣。一个星期以来她虽然每天驱车路过马圈,对王子却毫无表示!""你认为他们吵架了?""而且吵得很厉害,互相仇视。否则,他绝不会把她当儿子一样宠爱的

狗送人的。几天前他把狗送给了老巴恩斯，他是三英里外克伦达尔青龙旅店的主人。""很奇怪。""她心脏不好，又有浮肿病，当然不能总出去，他以前每天晚上到她屋里坐上两个小时。他现在仍可以那样，因为她是他寥寥可数的好朋友之一。可现在这一切都不存在了，他再也不亲近她了。因此她很伤心，心情变得郁闷，开始酗酒，福尔摩斯先生。"

"在两人疏远以前她喝酒吗？""也喝一杯，但现在她一晚就能喝一瓶，太吓人了。这是管家斯蒂芬斯告诉我的。突然间一切都变了样，福尔摩斯先生，简直莫名其妙，主人为什么深夜去老教堂的地穴？谁在等他？"福尔摩斯的神情更加专注。"讲下去，马森先生，你的话越来越有趣了。"

"管家看见他半夜十二点冒着大雨去了那里。于是，第二天晚上我也去了住宅。他果然又出去了。我和斯蒂芬斯万分小心地跟着他，心里紧张得要命，如果被他发现，我们的日子肯定不好过。如果惹怒了他，他的双拳绝不饶人，他无论对谁都一样。所以我们不敢跟得太紧，但我们的目光一直盯着他。他去的是那个常闹鬼的地穴，那儿还有人在等他。"

"这个地穴在什么地方？""先生，在花园里有一个教堂的废墟，既古老又破旧，根本无人知晓它的年代。它下面有一个地穴，是本地有名的闹鬼的地方。白天那地穴就很阴森恐怖，晚上更没有几个人敢走近它。但我们的主人胆子很大，他一辈子什么都不怕。问题是他夜晚到那儿去干什么呢？""等一下！"福尔摩斯说，"你说那儿有人在等他，那一定是你们那儿的马夫或家里的什么人！你一定认识他，和他说话了吧？""我不认识。""你怎么知道？""因为我们照面了，福尔摩斯先生。那是在第二个晚上，罗伯特爵士从地穴那儿回来经过我们身边，我和斯蒂芬斯则像一对兔子似的在灌木丛中紧张地发抖，因为那天晚上有一点

新探案

月光,我们怕他发现我们。可是我们听见后面传来一个人的脚步声,我们根本就不怕他。所以,等罗伯特先生过去后我们就直起身来,假装散步不经意地碰见他,我问他:'你好,伙计,你是谁?'他很可能是没听见我们走近的脚步声,所以看见我们时,就像是看见了地狱里的恶鬼。他大叫一声,撒腿就跑。他跑得可真快,眨眼间就踪影全无了,他是谁,是什么人我们都不知道。"

"月光下,你看清他的脸了吗?""是的,是张黄脸——是个下等人。他能和罗伯特爵士有什么关系呢?"福尔摩斯沉默起来。"谁陪伴比特丽斯·福尔德夫人?"他终于问道。"她的侍女卡里·埃文斯。五年来她一直跟随夫人。""一定忠心耿耿啦?"马森先生神情不安起来。"她是忠心耿耿,"他终于说,"但我不能说她对谁更忠心。""哦!"福尔摩斯颇感奇怪。"我不应该谈论别人的隐私。""我非常理解,马森先生。当然情况已经很明显了。从华生医生对罗伯特爵士的描述中,我已经晓得,他天生是女人的克星。你不认为他们兄妹可能是为此而争吵吗?""他跟女仆的关系早已传得沸沸扬扬了。"

"我们可以假设她过去并不知道,现在突然发现了。她想辞退她的侍女,但她弟弟不同意。这个弱者由于身体不好,又不能走动,没法实现自己的意愿。她怀恨的侍女仍打发不走。于是她和任何人都不说话,独自生闷气,借酒浇愁。罗伯特爵士一气之下送走了她宠爱的小狗。这些不是都能联系起来吗?"

"是的,这些好像还能联系起来。""对极了!但他去地穴干什么呢?这还是无法解释。""确实不能,先生,而且还有别的情况我也不明白。罗伯特爵士为什么要去挖一具死尸呢?"福尔摩斯霍地站了起来。"给你写信后我们发现了这样一件事。昨天罗伯特爵士到伦敦去了,所以我和斯蒂芬斯下了地穴想看看,一切都是原样,只是在一个角落里发

现了一小堆人的尸骨。""你报告警察了吗?"他冷冷地一笑。"先生,他们不会在意的,只不过极可能是一具千年古尸的头和几根骨头。但它原先不在那儿,这我和斯蒂芬斯都可以发誓,它堆在一角,用木板盖着,那个角落以前是空无一物的。"

"你们怎么办了?"

"我们什么也没做。"

"这样做是明智的。你说罗伯特爵士出去了,现在回来了吗?"

"今天应该回来。"

"罗伯特爵士是什么时候把他姐姐的狗送人的?"

"一星期前的这个时候。小狗在老库房外汪汪直叫,而那天早晨罗伯特爵士心情正坏得很,他就把狗抓了起来。我本以为他要把它杀了——但他把狗交给了骑师桑迪·贝恩,叫他去送给青龙旅店的老巴恩斯,他讨厌这条狗。"福尔摩斯沉思地坐了许久,然后点燃了他那个最老、烟油最多的烟斗。"直到现在我还不清楚你需要我做些什么,马森先生。"他最后说,"还有什么奇怪之处吗?""你看看这个,福尔摩斯先生。"客人边说边从口袋里掏出一个纸包,小心翼翼地打开,里面是一根烧焦的碎骨头。福尔摩斯兴致很高地查看起来。"你从哪儿弄来的?""在比特丽斯夫人房间底下的地下室里有一个暖气锅炉,已经很长时间没用了,罗伯特爵士抱怨说天冷,让仆人开始烧暖气。哈维负责烧锅炉——他是我的好朋友。今天早晨他突然拿着这个来找我,说是在掏锅炉灰时发现的。他对炉子里有骨头感到大事不妙。"

"我也这样认为,"福尔摩斯说,"你能辨别一下吗,华生?"虽然骨头已经烧成黑色的焦块,但行家还能通过解剖学知识分辨出来。"这是人大腿的上髁。"我回答说。"不错!"福尔摩斯的神情立即变得非常严肃。"那个仆人通常什么时候去烧炉子?""他每天晚上烧起来后就

新探案

走。""就是说晚上那里没有别人了?""是的,先生。""从外面能进到那里去吗?""外面只有一个门,里边还有一个门,顺着楼梯可与比特丽斯夫人房间的过道相通。""这个案子非同寻常,马森先生,而且有浓浓的血腥味。你说昨晚罗伯特爵士不在家?""不在,先生。""那么烧骨头的不是他,而是另有其人?""不错,先生。""你刚才说的那个旅店叫什么?""青龙旅店。""旅店那一带是不是有个不错的钓鱼的地方?"

这位诚实的驯马师露出不知所措的神情,仿佛他在叹息他不幸的一生中又碰到了一个怪物。"我听说在那里能钓到鳟鱼和狗鱼。"

"那太好了。华生和我非常爱好钓鱼——对不对,华生?你先给青龙旅店送个信儿,就说我们今晚就过去。你有事也不能去那儿找我,写个纸条就行了。如果需要的话,我去找你。待我们进一步调查后,我会给你一个答案。"

于是,在一个爽朗的五月之夜,我和福尔摩斯坐在一等车厢里,向小站肖斯科姆驶去。我们头上的行李架堆满了钓鱼竿、鱼线和鱼筐之类,非常显眼。到车站后我们又坐了一会儿马车,来到了青龙旅店,一个旧式的小旅店。热情好客的店主乔赛亚·巴恩斯热情地询问我们钓鱼的美好计划。

"在霍尔湖能钓到鳟鱼吗?"福尔摩斯问。

店主的脸一沉。

"别打那个主意,先生。鱼没钓到,你就会先到水里了。"

"为什么?"

"因为罗伯特爵士非常不喜欢别人动他的鳟鱼。你们两位陌生人要是走近他的训练场,他决不会轻饶你们,他做事从来不马虎的!""听说他有一匹马参加比赛,是吗?"

"是的,一匹非常好的马。我们大家和罗伯特先生一样,把钱都押在它身上了。对了,"他怀疑地望着我们,"你们不是马探子吧?""看你说的!我们只不过是两个身心疲惫、渴望伯克郡新鲜空气的伦敦人。"

"那你们可找对地方了,这儿新鲜空气有的是。但是,请记住我说的有关罗伯特爵士的话。他可不是好惹的,你们离公园远些为妙。""我们当然会的,你放心。对了,大厅里叫唤的那只狗长得可真不赖。""是的,那是真正的肖斯科姆种,全英国最漂亮的啦。""我也是个养狗迷。"福尔摩斯说,"冒昧地问一下,这条狗值多少钱呢?"

"我可买不起,先生。这条狗是罗伯特爵士自己送给我的。我要不把它拴起来,它眨眼间就会跑到别墅里去。""华生,咱们手里现在已经有几张牌了。"店主离开后福尔摩斯说道,"这个牌打起来可不容易,不过一两天咱们就会搞清一切。我听说罗伯特爵士还在伦敦,这样咱们今晚去一趟那个禁地或许用不着挨他的铁拳。有两点情况我需要证实一下。"

"你有什么假设吗,福尔摩斯?""我目前只能确定一点,华生,那就是一星期前发生了一件对肖斯科姆的家庭生活影响至深的事,事情究竟是什么,只能从其后果往回推,但结果好像是某几种因素的混合体,很奇怪,但无疑有助于我们破案。只有那种平淡无奇的案子才叫人伤脑筋,毫无办法。"

"让我们看看我们已知的情况:弟弟不再去看望亲爱的疾病缠身的姐姐了,他又把她宠爱的小狗送了人。送走她的狗,华生!你还看不出问题吗?""我只看出弟弟的残酷无情。""或许如此。或者——好吧,这儿还有一种可能。让我们继续看看自争吵以后发生了什么事儿,如果这场争吵存在的话。夫人闭门不出,一改常态,除了和女仆乘车外出就不再露面,而且不再在马房停车去看她宠爱的马,显然开始酗酒。都说

新探案

了吧?""还有地穴里的事。"

"那是另外一条线索。它们是不同的两件事,你不要把它们混为一谈。第一条线索是关于比特丽斯夫人的,闻没闻到犯罪的味道?""没有。"

"第二条线索是关于罗伯特爵士的。他着了魔,心里装满赛马的胜利。他如果落到高利贷者手里,他随时可能破产,家产必须拍卖抵债,那么他的宝贝赛马也会落入债主手里。他一向随心所欲,为所欲为,现在是铤而走险。他的收入全靠他姐姐,他姐姐的女仆又是他的忠实奴仆。这几点没问题吧?""可是那个地穴?""啊,是的,还有地穴!华生,我们假想一下——这个当然是一个为了辩解的目的而提出的一个诽谤性的前提——罗伯特爵士杀害了他的姐姐。"

"老兄,这怎么可能?""完全可能,华生。罗伯特爵士虽然出身高贵,但不能说他因此就品德高尚。咱们先来研究一下这个问题。除非罗伯特爵士发了财,否则他绝不会离开此地,而发这笔财全靠肖斯科姆王子大获全胜。他现在还必须坚守阵地,因此他必须把受害者的尸首处理掉,而且还必须找一个能够模仿她的替身。反正女仆对他忠心耿耿,这样做是可行的。这具女尸可能运到了人迹罕至的地穴,也可能深夜偷偷地在炉里销毁了,那烧焦的尸骨我们已见过了。你认为如何,华生?""要是有这个可怕的前提,那一切都是可能的。"

"华生,为了检验我的设想,明天咱们可以做一次小小的试验。至于今天,为了不露馅,或许咱们可以用主人的酒热情招待主人,跟他大谈特谈鳗鱼和鲤鱼,引他高兴。然后,从他的口中得知一些有用的本地新闻。"第二天早晨,福尔摩斯"发现"我们没带钓鱼的诱饵,这样也就钓不成鱼了。十一点钟左右我们出去散步,主人允许他可以带着小黑狗和我们一道前往。

"到了,"我们走到挂着鹰头兽身徽章的高高的公园大门前时,福尔摩斯说道,"巴恩斯先生告诉我每天中午老夫人都要乘车出来兜风,开门时马车会减速的。华生,等车慢下来的时候,请你叫住车夫随便提个问题。别管我,我要站在这个冬青树丛后面观察。"等候的时间并不长。一刻钟后,我们就看见从远处驶来一辆黄色的敞篷四轮马车,拉车的是两匹漂亮、矫健的灰色马。福尔摩斯带着狗等在树丛后面,我则漫不经心地站在路中间挥动手杖。一个看门人跑出来打开大门。

马车放慢了速度,所以我能仔细地观察乘车的人。左边坐着的是面色红润的年轻女子,亚麻色的头发,有着一双大胆不知羞的眼睛。她右侧坐着一个年纪较大,背很宽的人,包着一大圈披肩,看起来体弱多病。我在马车驶上大道时庄重地举起了手,车夫勒住了马,我就上前打听罗伯特爵士是否在家。这时,福尔摩斯走出来,急忙放开了狗。那狗兴奋地欢叫了一声,冲向马车,跳到踏板上,但转眼间它那热情的讨好竟变成了狂怒,一边吠叫一边咬着上面的黑衣裙。

"快走!快走!"一个粗嗓门的人使劲儿喊着,车夫鞭打着马驶走了马车,在大路上只剩下我和福尔摩斯。"华生,我已经得到证实了,"福尔摩斯一边往激动的狗的脖子上套链子,一边满怀喜悦地说。"狗以为她是女主人,一嗅之下却发现是个陌生人。狗是不会弄错的。""那是个男人的声音!"我叫道。

"对极了!咱们手里又多了一张牌,但打的时候还得认真才行。"我的朋友在办完这件事后仿佛没什么要做的了,于是我们真的用带来的渔具在河沟里钓起鱼来,结果我们的晚餐便多了一道鳟鱼。饭后福尔摩斯才又显得神清气爽,我们又像早晨那样来到通向公园大门的路上。一个身材高大、皮肤黝黑的人正等在那里,他就是我们在伦敦认识的驯马师约翰·马森先生。

新探案

"先生们,晚上好,"他说,"我收到了你的便条,福尔摩斯先生。罗伯特爵士现在还在外边,但我得知他今晚就回来。"

"那个地穴离寓所远吗?"福尔摩斯问。

"四分之一英里。"

"那我们就不用担心罗伯特。"

"我可不能跟你们去,福尔摩斯先生,他只要一到家就会找我问肖斯科姆王子的。"

"明白了!这么说我们只好独自行动了,马森先生。你可以把我们领到地穴。"天色漆黑,没有一丝月光,马森领着我们一直穿过牧场,我们面前出现了一块黑乎乎的影子,近看才发现是座古老的教堂。我们从昔日门廊的缺口走了进去,我们的向导脚步不稳地在一堆碎石中探到教堂的一角,那儿有一条坡度很陡的楼梯通向地穴。他擦亮火柴后,我们看到了这个阴森恐怖的地方——古旧的粗石墙的残垣,大量铅制或石制的棺材散发着逼人的霉味,靠着一面墙摞放,高至拱门,隐在上方屋顶的阴影中。福尔摩斯点着了灯笼,一缕摇摆不定的黄光亮起来。棺材上的铜牌因反射发出亮光,它们大多数都装饰着这个古老家族鹰头狮身的徽章,这徽章即使在死亡之地仍然保持着神圣不可侵犯的尊严。

"你说这儿有些骨头,马森先生,带我们去看看吧。""就在这个角落里。"我们跟着驯马师走过去,然而灯光照过去时,他却呆住了。"没了。"他说。"我已经料到了,"福尔摩斯轻声笑着说,"我想就是炉子里的那些骨灰和未燃尽的骨头。""我不明白,为什么竟有人要烧千年死尸呢?"约翰·马森问道。"我们来就是要找出答案的,"福尔摩斯说,"这也许要花费很长时间,我们就不打扰你了。我想我们离答案不远了。"

约翰·马森走后,福尔摩斯就开始仔细地查看墓碑,中间的一个看

来是属于撒克逊时代的开始,接着是一大堆诺尔曼时代的墓碑,最后我们看见了十八世纪威廉·丹尼斯和费勒的墓碑。一个多小时后,福尔摩斯来到了拱顶进口边上的一具铅制棺材前。忽然,他满意地欢叫了一声,从他敏捷的动作中可以看出他已经找到了既定目标。他认真地用放大镜细致查看那又厚又重的棺盖的边缘,然后,从口袋里掏出一个开箱子用的撬棍,将它塞进棺盖缝里,把表面上只有两个夹子固定着的整个棺盖撬了起来。棺盖开启时发出令人惊恐的响声,就在它刚刚撬开、还来不及完全打开时,一件突如其来的事打断了我们。

　　上面的教堂里传来脚步声。这是一个步履坚定、对此地极其熟悉的人的坚定、匆忙的脚步声。一束灯光从楼梯上射了下来,随即就在哥特式的拱门里出现了持灯人。这是一个身材高大、面容狂暴的可怕人物。他手里提着个大号马灯,灯光照射出他的满脸胡须和喷射着怒火的眼睛。他的眼光扫视着穴里的每个角落,最后恶狠狠地停留在我们的脸上。

　　"你们是谁?"他大声吼着,"到这儿来干什么?"见福尔摩斯不回答,他又上前两步,并举起一根随身携带的沉重的手杖。"听见没有?"他大叫道,"你们是什么人?干嘛到这儿来?"他愤怒地挥舞着手杖。福尔摩斯没有退缩,大胆地迎上前去。

　　"罗伯特爵士,我正想找你。"他异常严肃而镇定地说,"这是谁?究竟发生了什么事情?"他转过身去,用力揭开身后的棺盖。在灯光下我看见一具全身裹在布里的尸体。这是一具可怕的女尸,凸出的鼻子和下巴扭向一边,面无血色,扭曲的脸上露着一双暗淡、呆滞无神的眼睛。男爵大叫一声,不由自主地退了回去,倚在一个石棺上。

　　"你怎么知道的?"他大叫起来,转眼间又显露出他那凶狠的表情,"你又是谁?干什么的?""我叫歇洛克·福尔摩斯,"我的伙伴说,"也

新探案

许你有些耳熟吧？不过我的职责和其他正直的公民是一样的——维护法律。我认为你有一大堆事情必须解释清楚。"罗伯特爵士满怀敌意地瞅着他，然而福尔摩斯平静的声音和他镇静自若的神情发挥了作用。

"福尔摩斯先生，我可以对天发誓，我没做违法的坏事，"他说，"我承认此事表面上看来的确对我不利，但我也是逼不得已才这样做的。""我衷心希望事实果真如此，不过我想你必须到警察局去解释。"罗伯特爵士耸了耸他那宽阔的肩膀，无所谓地说："好吧，事已至此，也只能这样了。我可以领你到庄园去亲眼看看事情究竟是怎么一回事。"一刻钟后，我们已身处别墅的一个房间，玻璃罩后面陈列着一排排擦得很亮的枪管，显然这是老宅子里的一间武器陈列室。屋子布置得很舒适。在这之前罗伯特爵士出去了一会儿，回来时他身后跟着两个人：一个是我们中午见过的坐在马车里的那个面色红润的年轻女人，另一个是尖嘴猴腮、神态可疑、令人憎恶的矮个男人。这两个人满脸疑惑，显然男爵还没有来得及把刚刚发生的事情告诉他们。

"他们是诺莱特夫妇，"罗伯特爵士用手一指，"诺莱特太太娘家姓埃文斯，她是我姐姐多年的贴身女仆。我带他们来，把真实情况告诉你，这是上策。而他们是世界上仅有的两个可以证明我无罪的人。"

"罗伯特爵士，有这个必要吗？你知道你在做什么？"那个女人喊道。

"我本人拒绝担负任何责任。"她的丈夫说。罗伯特爵士充满蔑视地瞥了他一眼。"全部责任由我来负。"他说，"福尔摩斯先生，我现在就简单讲讲事实的经过吧。"

"你显然对我的事情知道得不少了，否则我们不会在此相遇。你一定已经知道了，我为了参加赛马大会，驯养了一匹黑马，而它能否取胜至关重要。如果我赢了，那么万事大吉；如果我输了，后果不堪设想。"

"我明白你的处境。"福尔摩斯说。

"我完全依靠我的姐姐比特丽斯夫人,但是大家都知道她的地产收入并没有多少。我早就知道我姐姐一死,我的那些债主就会像一群饿鹰一样涌到我这儿,拿走一切——我的马厩、我的马——所有的一切。福尔摩斯先生,我的姐姐却在一星期以前去世了。"

"而你封闭了消息!""我又有什么办法呢?我要破产了,但如果我能把此事推迟三个星期再为人所知,那么一切就顺利得多了。她女仆的丈夫是个演员——就是这个人。于是我就想,在这三个星期内他可以扮成我的姐姐。这比较容易遮人耳目,他每天只需坐着马车露个面,别的就都不用了,因为除了她的女仆外不会有人进她的房间。这比较容易。我姐姐死于长久折磨她的水肿。"

"那应该由验尸官来确定。"

"她的医生可以证实,几个月前他就向我预示这个结局了。"

"后来你怎么办了?""尸体不能被别人看见。她死后的第一个晚上我和诺莱特就把她运到废弃多年的老库房去了。可是她的小狗跟着我们,还不停地狂吠,不得已我必须另找一个更安全的地方。我先把狗送走了,然后又把尸体移到教堂地穴里。福尔摩斯先生,我丝毫没有侮辱和不敬的意思,我深信自己没做任何对不起死去的姐姐的事情。"

"我认为你做了一件蠢事,罗伯特爵士。"男爵无奈地摇了摇头。"说起来容易,"他说,"如果你设身处地为我着想,你或许就不会持这种见解了。一个人不可能眼看着他的全部希望在即将实现之时要被毁灭而不去竭力挽救。我认为把她暂时放在她丈夫祖先的棺材里作为安息之处并没任何不妥,更何况那棺材停放的地方现在仍是庄严神圣的。我们打开了一个这样的棺材,移走了里面的东西,把她安置在里面,就像你刚才看到的那样。至于从里面移出的遗骸,我们不能把它们留在地穴

新探案

里。于是我和诺莱特移走了它们,他又在夜晚去锅炉房把它们烧了。福尔摩斯先生,这就是全部经过,尽管我十分不情愿讲出来,但你很高明,迫使我讲出了一切。"福尔摩斯长久地沉默着。

"你的叙述有一点瑕疵,罗伯特爵士,"他最后终于说,"既然你把赌注放在赛马上,那么即使是你的财产被债权人夺走了,你的大好前途也不会受到影响。"

"这匹马也是财产的一部分。他们不会关心我的马,他们也许根本就不让它参加比赛。最不幸的是我最大的债主,也就是我最痛恨的敌人萨姆·布鲁尔是个恶棍,在纽马克特我曾控制不住用马鞭抽过他一回。你想他会放过我吗?""到此为止吧,罗伯特爵士,"福尔摩斯站起来说,"这件事交给警察办理。我的责任只是发现真相,到此为止了。至于你的行为所涉及的道德或尊严问题,我无权发表看法。快到十二点了,华生,我们该回住所去了。"

现在大家都已明了,此案的结局比罗伯特爵士的行为所应得的要圆满得多。债主在比赛结束前没有提出偿还债款的要求,肖斯科姆王子比赛获胜,马主净赚了八万英镑,所以罗伯特爵士还清了债款以后,他还有足够的钱财来重建优裕的生活。警察和验尸官在此事的处理上态度宽容,除了在拖延死亡注册一事上对他进行了并不严厉的训斥外。幸运的马主靠此投机业务轻松了却了麻烦事,现在此事已被人们忘却,罗伯特爵士将体面地度过余生。

福尔摩斯探案全集

退休的颜料商

我记得那天早晨福尔摩斯心情忧郁,沉思良久。他那机警而现实的性格易受这种恶劣心情的影响。

"你看见他了?"他问道。"刚走的那个老头吗?""就是他。""看见了,我在门口碰到他的。""你觉得他怎么样?""他很可怜,无所作为,穷困潦倒。"

"说得好极了,华生,可怜和无所作为。其实整个人生不就是可怜和无所作为的吗?他的故事不过是全部人类生活悲剧的缩影罢了。我们一直在追求,一直想抓住什么,但最后我们手中究竟剩下了什么呢?不过是一个幻影,甚至是比幻影更糟的痛苦。""他是你的一个主顾吗?""我想这样称呼他是正确的。他是警场打发来的。就像医生把他们无法医治或治愈不了的病人转给江湖医生一样,警场说这个人的案子不是一般的棘手,他们无能为力。""怎么回事?"福尔摩斯拿起桌上的一张油腻腻的名片:"他叫乔赛亚·安伯利,自称是布里克福尔和安伯利公司的股东,他们是颜料公司,在油料盒上你能找到公司的名字。他攒了一点钱,六十一岁时退了休,在刘易萨姆买了一所房子,辛苦了一辈子之后终于歇了下来。人们认为他的未来可以高枕无忧了。"

"华生,他于一八九六年退休,一八九七年结婚。他妻子比他年轻二十岁,如果相片名副其实,她是个漂亮的女人。生活富足,又有美妻,又有闲暇,在他面前似乎是一条幸福大道。但是如你所见,两年之内他已经变成世界上最穷困潦倒、最可怜的家伙了。""究竟是怎么

新探案

回事?"

"老一套,华生,一个背信弃义的朋友和一个不忠贞的女人。安伯利有一个嗜好——象棋,有一位年轻医生离他家不远,也喜欢下棋。他名叫雷·欧内斯特。由于他经常去安伯利家,所以和安伯利太太之间的关系自然而然地亲密起来,咱们倒霉的主顾不管有什么内秀,其外表是不尽人意的。上星期那一对私奔了,至今下落不明。而且,不忠的妻子将老头一生大部分的积蓄用一个文件筒装着,当做私有财产拿走了。我们的任务是找到那位夫人和钱财。而且这仿佛是个普通的问题,但对安伯利却是重中之重。"

"你准备怎么办?""亲爱的华生,那要看你了,请你理解我。我正在着手处理两位科普特主教的案子,今天将是此案千钧一发的关头,我实在无法脱身前去刘易萨姆,而现场的证据又尤其重要。老头再三坚持要我去,我说明了自己的苦衷,他才同意我派个代表。"

"好吧,"我应道,"虽然我对自己能否胜任很是怀疑,但我愿意全力以赴。"于是,在一个夏日的午后,我出发去刘易萨姆,丝毫没有料到我参与的案子竟然会很快成为国人万分瞩目、热烈讨论的话题。

当我回到贝克街见福尔摩斯时天色已经很晚了。福尔摩斯伸开瘦削的肢体深陷在沙发里,辛辣的烟草冒出来的烟圈在他头上盘旋。他睡眼惺忪,我感觉他像睡了,只有当我的叙述停顿或有疑问时,他才睁开那双灰色、锐利的眼睛,用探索的目光注视着我,使我意识到他还醒着。

"乔赛亚·安伯利先生的寓所名叫黑文,"我解释道,"对此你会感兴趣的,福尔摩斯,它就像一个沦落到底层社会的贫穷贵族。你见过那种地方的,到处是单调的砖路和令人厌恶的郊区公路。他的家就坐落在这些路中间,像一个古典意味浓厚、舒适安逸的孤岛,四周是晒得发硬

的、长着苔鲜的高墙,这种墙……""别形容了,华生,"福尔摩斯打断我说,"我看那是一座高的砖墙。""好。我向一个在街头抽烟的闲人打听之后才找到黑文,有必要提一下这个闲人。他个子高大、皮肤黝黑、大胡子,像个军人。他听见我的回答点了点头,还用一种奇特的疑问目光瞥了我一眼,对此我印象深刻,事后又不由自主地回想起了他的目光。

"我还没有进门就看见安伯利先生走下车道。今天早晨我只是匆匆看了他一眼,就已经觉得他是一个怪人,现在在日光下他的面貌一清二楚,就显得更加反常了。"

"这我已做过研究,但我还是想听听你的印象。"福尔摩斯说。"我觉得他弯着的腰倒真像是生活的重压所致。他并不像我最初想象的那么虚弱,因为尽管他的两腿细长,肩膀和胸脯的骨架却非常宽大。""左脚的鞋有许多褶儿,右脚的却很平。""这个我倒没注意。"

"你不会注意的,他用了假腿。请继续讲吧。""他灰白色的头发从旧草帽底下钻出来,他的表情看上去十分残忍,脸上满是皱纹,像个核桃。这些都给我留下了深刻的印象。""好极了,华生。他说了什么?""他开始诉苦。我们一起从车道走过,我当然仔细地察看了四周。这是我所见过的最为荒芜的地方。花园里杂草丛生,我觉得这里的草木与其说是经过修整的,不如说是任其自然发展的更为贴切。我真难以想象一个讲究的女人怎可能忍受这种情形。房屋也是破烂不堪,这个倒霉的人自己似乎也注意到了这点,正试图进行修整,大厅中央放着一桶绿色油漆,里面有一把大刷子,他正在油漆室内刷木质部分呢。他把我领进黑暗的书房,我们倾心长谈。你没亲自去使他感到失望。'我知道,'他说,'像我这样卑微的小人物,特别是在遭遇惨重的经济损失之后,怎么能赢

新探案

得像福尔摩斯先生这样大名鼎鼎的人物的关注。'

"我告诉他这与人的地位没有关系。他说:'但就是从犯罪学的角度来考虑,这件事也是值得研究的。华生医生,人类最卑鄙的莫过于忘恩负义了!我从未拒绝过她任何一个要求,有哪个女人比她更受宠爱?还有那个年轻人,我一直把他当做自己的亲生儿子,他可以随意出入我的家。现在他们却背叛了我!哦,华生医生,这真是一个残酷、可怕的世界啊!'一个多小时时间,他说的全是这个话题。看来他好像从未怀疑过他们私通。他们独自居住,只有一个每天早上来、晚上六点离开的女仆出入。就在出事的当天晚上,老安伯利为了取悦妻子,还特意在干草市剧院二楼定了两个座位。临行前她借口头疼没去,他只好独自去了。为给自己的话作证,他还掏出了为妻子买的那张未用过的票。"

"这非常重要,应引起我们的注意,"福尔摩斯说道,票的事似乎引起了福尔摩斯对此案的兴趣,"华生,请继续,你的叙述很吸引人。你看到那张票了吗?记没记住号码?""我刚好记住了,"我有些洋洋自得地答道,"三十一号,和我的学号相同,所以我记住了。"

"太好了,华生,也就是说他本人的位子不是三十就是三十二号了?""对,"我有点不解地答道,"而且是第二排。""这太让人高兴了。他还说什么了?""他领我看了他称之为保险库的房间,真是名副其实,像银行一样有着铁门和铁窗。他说这样可以防盗,但那个女人好像搞到一把复制的钥匙,他们俩一共拿走了价值七千英镑的现金和债券。"

"债券!他们怎么处理呢?""他说,已经写了一张清单交给警察局,冀求债券无法出售。午夜他从剧院回到家里,发现门窗被打开,钱和债券不见了,罪犯也跑了,他妻子也不见了,此后更是杳无音信。所以他立刻报了警。"福尔摩斯琢磨了几分钟。"你说他正在刷油漆,油漆哪儿?""他正在油漆过道。那间称作保险库的房子的门和木质部分

都已经油漆过了。"

"在这种时候干这种活你不觉得奇怪吗?""'为了减轻心中的痛苦,人总得有点事做。'他自己是这样解释的。这虽反常,但看来他本来就不像是正常人。他当着我的面,一怒之下撕毁了妻子的一张照片。'我再也不想见到她那张可恶的脸了。'他尖叫着。"

"还有什么吗?""是的,还有一件事我印象最深。我坐车到布莱希思车站上了火车,就在火车启动的时候,一个人冲进了我隔壁的车厢。福尔摩斯,你知道我的记忆力。他就是那个个头高大、黑黑皮肤、在街上和我讲话的人。我在伦敦桥又看见了他的脸,后来他消失在人群中了。但我保证他在跟踪我。"

"这就对了!"福尔摩斯说,"一个高个、黑皮肤、大胡子的人。是不是还戴着一副灰色的墨镜?""福尔摩斯,你真厉害。我虽然没说,但他确实戴着一副灰色的墨镜。""还戴着共济会的领带扣针?""你真神了!福尔摩斯!""这很容易,华生。咱们还是谈谈实际情况吧。我承认,最初我认为简单而幼稚且不屑一顾的案子如今已迅速地显示出它非同寻常的一面。尽管在执行任务时你忽略了一切要点,然而这些你注意到的事儿已经值得我们认真思考了。"

"我忽略了什么?""别伤心,朋友,你知道我并非在指责你。你已经做得很不错了,有些人或许还不如你。但邻居对安伯利和他妻子是怎么看的?欧内斯特医生人品怎样?他是那种放荡之徒吗?这些显然极其重要的东西你却忽略了,视而不见。华生,凭借你天生的优势,没有女人会不愿做你的帮手的。邮政局的姑娘或者蔬菜水果商的太太是怎么想的呢?你完全可以在布卢安克和女士们轻柔地说着不着边儿的话,从而得到一些可靠消息。可这一切你都没有做。"

"现在弥补也来得及。""已经做了。这要感谢警场的电话帮助,我常常不须亲自调查就能得到最基本的情报。我的情报证实了这个人的叙述。

新探案

当地人说他是一个十分吝啬、同时又极端粗暴和无理的丈夫。那个年轻未婚的欧内斯特医生,也的确来和安伯利下过棋,或许还和他的妻子开开玩笑。所有这一切仿佛再简单不过了,人们会觉得这没什么,然而……"

"有什么不对吗?""也许是我的想象。好,别管它了,华生,咱们去听听音乐会,摆脱这沉重的工作。卡琳娜今晚在艾伯特音乐厅演唱,咱们还有时间换衣服,吃饭。"

清晨我准时起了床,我的伙伴比我更早,我看到了一些面包屑和两个空蛋壳。在桌子上留有一个便条。

亲爱的华生:

我有事要和安伯利商谈,之后我们再决定是否接手办理此案。我大约三点钟回来,届时我将需要你的帮助,请提前做好准备。

S. H.

整整一天我都未看见福尔摩斯,但在三点钟他准时回来了,严肃至极,一言不发。这种时候不能打搅他。突然他问:"安伯利来了吗?""没来。""为什么?我在等他呢。"他并未失望,不久老头儿就来了,严厉的脸上写满了焦虑、困惑。"福尔摩斯先生,我收到一封电报,不知道是怎么回事。"他递过信,福尔摩斯大声念起来:

立即前来,可提供有关你最近损失的消息。

埃尔曼,牧师住宅

"两点十分自小帕林顿出发,"福尔摩斯说,"小帕林顿在埃塞克

斯,离弗林顿不远,你应该马上动身。他是当地的牧师,放心吧,值得信赖。我的名人录呢?啊,原来在这儿:'J. C. 埃尔曼,文学硕士,主持莫斯莫尔和小帕林顿教区。'华生,看看火车时间表。"

"五点二十分有一趟自利物浦街发出的火车。"

"好极了,华生,你最好和他一道前去。他会需要你的帮助和劝告的,我们显然已接近该案最关键处了。"然而,我们的主顾似乎不乐于马上出发。

"福尔摩斯先生,这太荒唐了。"他说,"这个人怎么会知道所发生的事呢?这一趟只能是时间和金钱的白白浪费。"

"他要是不掌握一点情况就不会给你打电报。马上发电报说你就去。""我不想去。"福尔摩斯的神情严肃起来,"安伯利先生,如果你拒绝这样一个重要的线索,只能给警场和我本人留下很不好的印象,我们只能认为你不想真心查清案子。"这样一来我们的主顾慌了手脚。

"好吧,既然你这么说,我只好去了,"他说,"表面上看他不可能知道什么重要情况,但如果你认为……""我确实是这样认为的。"福尔摩斯认真地说,于是我们出发了。在我们离开之前,福尔摩斯把我叫到一旁一再叮嘱,可见他认为此行关系重大。"不管发生什么事,你一定要想方设法让他去,"他说,"如果他逃走或回来,你就到电话局给我捎个信,简单地说声'跑了'就可以了。这边我会安排妥当,无论如何我都会得到信儿的。"

小帕林顿处在支线上,交通极其不便利。我对这次旅行的印象很不好。天气炎热,火车又慢,而我的同路又闷闷不语,除了偶然对我们徒劳无功的旅行抱怨几句外始终没有讲话。最后我们终于到达了目的地,又坐了两英里马车到达牧师住宅。一个身材高大、仪态威严、严肃骄傲的牧师在他的书房里接待了我们。他看着我们拍给他的电报。"你们好,先生们,"他招呼道,"请问有何贵干?""我们此次前来,"我解释说,

新探案

"是因为你拍的电报。""什么电报！我根本没拍过。"

"我是说你拍给乔赛亚·安伯利先生关于他妻子和钱财的那封电报。""先生，你在开玩笑！"牧师气愤地说，"我根本不认识这位先生，而且我也没给他拍过电报。"我和我们的主顾面面相觑，不知所措。"也许搞错了，"我说，"这儿可能有两个牧师住宅？这电报上面写着埃尔曼发自牧师住宅。""此地只有一个牧师住宅，也只有一名牧师，那就是我。这封电报无疑是别人伪造的，这事得请警察调查清楚。同时，我想我们的谈话可以结束了。"于是我和安伯利先生回到村庄，那真像是英格兰最原始的村落。走到电报局时，已经关门了。幸亏小路上的警站有一部电话，我终于和福尔摩斯取得了联系。我们旅行的结果对他而言也是令人惊奇的。

"太蹊跷了！"远处的声音说道，"真是！亲爱的华生，我担心今夜没有往回开的车了，你只好在乡下旅店将就一下了。不过大自然的景色是可以欣赏的，华生，大自然、乔赛亚·安伯利可以和你做伴。"挂电话时，我竟然听到了他的窃笑。很快我就发现我的旅伴真的十分吝啬。他对旅行的费用极为不满，执意要坐三等车厢，后又因不满旅店的费用而大发牢骚。第二天早晨我们终于回到伦敦，此时已经很难判断我们俩谁的心情更糟了。"你最好随我到贝克街去一趟，"我说，"福尔摩斯先生也许会有新的见解。""如果它还不如前一个有价值，我是不会采用的。"安伯利恶狠狠地说。但他还是和我一同去了。我已用电报通知了福尔摩斯我们回伦敦的时间，到了那儿却没见到福尔摩斯，只有一张便条，上面说他到刘易萨姆去了，希望我们也能去那里。对此我感到很惊讶，但更令人惊讶的是在我们主顾的起居室里不止他一人，一个面容严厉、残酷的男人坐在他身旁，他黑皮肤，戴灰色眼镜，领带上赫然别着一枚共济会的大别针。

新探案

"这是我的朋友巴克先生，"福尔摩斯说，"他对你的事也很感兴趣，乔赛亚·安伯利先生，尽管我们都是单独进行调查的，但却有个共同的问题要问你。"安伯利先生表情沉重地坐了下来。我从他那紧张的眼神和抽搐的脸上，看出他已经预感到了危险迫在眉睫。

"什么问题，福尔摩斯先生？"

"只有一个问题：你是怎么处理尸体的？"他疯狂地大叫一声跳了起来，枯瘦的双手抓向空中。他张着嘴巴，那样子就像是一只鹰落进了罗网。在这一瞬间，乔塞亚·安伯利暴露了他的真面目，他的灵魂像他的外表一样丑陋。他向后往椅子上靠时，用手捂着嘴唇，像是在抑制咳嗽。福尔摩斯像只老虎一样扑上去掐住他的喉咙，把他的脸扭向地面，接着他的双唇中间吐出了一粒白色的药丸。"不能就这样结束，乔赛亚·安伯利，事情得照规矩办。巴克，你看怎么样？"

"我的马车就停在门口。"我们少言寡语的同伴说。"这儿离车站仅有几百码远，我们一道去。华生，你在这儿等着，我半小时后就回来。"年老的颜料商居然有着强壮的身体和雄狮般的力量，但在两个经验丰富的擒拿专家手中，他也无计可施。他俩连拉带扯才把他拖进等候着的马车，我留下来单独看守这不祥的住宅。福尔摩斯在预定的时间之前就赶了回来，与他同行的还有一个年轻精明的警官。

"那些手续我让巴克去办理了。"福尔摩斯说，"华生，你不认识他，但他可是我在萨里海滨最有力的对手，所以你一提及那个高个、黑皮肤的人，我就能轻易地接着你的话说下去。他办过几桩漂亮案子，是不是，警官？""当然参与过一些。"警官有所保留地答道。

"显然，他和我同样不讲求规律，无规律性有时是很有效的。以你为例，你一定会警告他说他所讲的每一句话都会作为证据，但这并不能

有效地迫使这个流氓招供。""也许如此，但我们却得出了与你相同的结论，福尔摩斯先生。不要以为我们对此案束手无策，如果那样我们就不会插手了。当你用一种我们无法使用的方法插进来，夺走我们应得的荣誉时，你应该原谅我们的恼怒。"

"你放心，不会夺走你的荣誉，麦金农。我可以保证这件案子的后半部我绝不会再露面。至于巴克，他只做我所吩咐的事。"警官似乎轻松了许多。

"福尔摩斯先生，你真慷慨。赞扬或谴责不会对你有什么影响，可是我们呢？只要报纸一质疑就不好办了。""的确如此。他们肯定要提问题，所以最好还是做好准备回答问题。比如，当机智的、有才干的记者问起究竟是哪一点引起了你的怀疑，又是什么使你确认这就是事实时，你怎样回答呢？"这位警官开始犹疑不定了。

"福尔摩斯先生，我们手里似乎并未抓住任何证据。你说那个罪犯当着三个证人的面自杀未遂，是他谋杀了他的妻子和她的情人。你有什么事实依据吗？""你想搜查这里吗？""有三名警察马上就到。""那你很快就会搞清一切的。尸体不会离得太远，到地窖和花园里找找看。在这些地方挖，不会花多长时间的。这所房子比自来水管还古老，废弃不用的旧水井肯定有，你试一试，看看运气如何？""你如何得知的？能讲讲作案经过吗？""我先说经过，然后再做解释，尤其是对我极辛苦、贡献很大的老朋友更应该有个详细解释。首先我告诉你们罪犯的心理，他这个人很是古怪，所以我认为他确切的归宿不是绞架，而是精神病犯罪拘留所。进一步说，他天性属于中世纪的意大利，而不属于现代英国。他对金钱的痴迷已经到了不可救药的地步，他妻子无法忍受他的极端吝啬，可能随时都会和骗子出走。这正好在这个喜欢下棋的医生身上

新探案

实现了。安伯利善于下棋。华生，这说明他是善用计谋的。他如同所有的守财奴，嫉妒心极强，嫉妒甚至使他发了狂。不管真假，他一直疑心妻子与人私通，于是他心存报复，并用魔鬼般的狡诈计划好一切。到这儿来！"

福尔摩斯信心十足地领着我们走过通道，就好像他曾在这所房子里住过似的。他在保险库敞开的门前停住了。"啊！这油漆味真难闻！"警官叫道。

"这是他给我们的第一条线索，"福尔摩斯说，"这你得感谢华生的细心观察，尽管他没能就此继续追查，但却使我有了追踪的欲望。为什么他要在此刻油漆房屋呢？显然他想借此盖住另一种他想掩饰的气味，一种引人猜疑的臭味。再看这个有着铁门和栅栏的房间，它是一个完全封闭的房间。把这两个事实联系在一起会得出什么结论呢？我下决心亲自检查一下这所房子。我当然也检查了干草市剧院票房的售票表，这是华生医生的又一功劳。查明那天晚上包厢的第二排三十号和三十二号的票都根本没有售出时，我就感到此案十分严重了。安伯利没有到剧院去，这样他就有在场的嫌疑了。他犯了一个严重的错误，他本不应该让我那精明的朋友看清他为妻子买的票的座号。但存在的问题是我怎样才能检查这所房子。我派了一个助手到我能想到的与此案完全无关的村庄拍了一封电报，然后让安伯利去一趟，让他当晚根本不可能返回来。为了保证万无一失，我让华生跟着他。那个牧师的名字当然是我随便从名人录中翻出来的。你听明白了吗？"

"你真高明。"警察敬畏地说。"在没人打扰的前提下，我大胆闯进了这所房子。如果我想改行，一定会选择夜间行盗这一行的，而且肯定能成为能手。看看我发现了什么。这儿有一条沿着壁脚板的煤气管，它

顺着墙角往下走，在角落里有一个开关。这个管子伸进保险库，终端在天花板中央的圆花窗里，完全被花窗盖住，但口是开着的。任何时候只要打开外面的开关，屋子里就会满是煤气。如果门窗紧闭而开关大开，无论谁关在小屋里，两分钟后都会昏迷。至于他是用什么卑鄙方法把他们骗进小屋的，我无从得知，可是一进了这扇门他们的性命就操在他手中了。"

警官大有兴趣地检查了管子。"我们的一个办事员提到过煤气味，"他说，"当然那时门和窗都已大开，墙上已经涂了一部分油漆。办事员说，他在出事的前一天就已开始油漆了。福尔摩斯先生，后来呢？""噢，后来发生了一件我意料之外的事情。早晨当我顺着餐具室的窗户爬出来时，一只手抓住了我的领子，并有一个声音说道：'你这个流氓，干什么呢？'我挣扎着扭过头一看，原来是朋友和对头，戴着墨镜的巴克先生。这次奇妙的相遇把我们俩都逗笑了。他好像是受雷·欧内斯特医生家之聘进行侦查的，最后也得出被人谋害的结论。他一直在监视这所房子，还把华生医生当做一个可疑分子跟踪了。他没法拘捕华生，但当他看见一个人从屋子的窗户里往外爬时，他就忍无可忍了。于是我把情况告诉了他，我们就协力办理这个案子了。"

"为什么不跟我们合作呢？""因为那时我已着手准备进行揭穿谜底的试验。我担心你们不愿那样做。"警官笑了。

"是的，有这个可能。福尔摩斯先生，我看，你现在是想撒手不管此案，而由我们接手结果已出的案子。""当然，这是我的习惯。""好吧，我以警察的名义感谢你。你认为此案是再清楚不过了，而且找到尸体也不会太困难。""我再让你看一点铁证如山的事实，"福尔摩斯说，"我相信这点连安伯利先生本人也没有察觉。警官，在寻求结论时，你

新探案

应当假设自己是当事人,在那种情形下你会怎么处理。这样做需要一定的想象力,但是很有成效。假设你现在被关在这间小房子里面,已经奄奄一息了,但你想留下破案线索,甚至想报复门外那或许正在嘲弄你的魔鬼,这时候你会怎么做呢?"

"写个条子。""对极了。你想告诉人们你是如何被害的。写在纸上是不行的,那样会被发现。写在墙上也会引起凶手的注意。现在看这儿!就在墙壁脚板的上方有紫铅笔划过的痕迹:'我们是……'没有下文了。""这个怎么解释呢?""很明显。这是可怜的人躺在地板上奄奄一息时写的,没等写完他就死了。""他是想写'我们是被谋杀的。'""我也这样认为。要是在尸体上能找到紫铅笔……""放心,我们一定仔细找。但是证券问题怎么办?盗窃显然是不存在了。但他确实有这些证券,我们已经证实过了。""它们一定藏在一个隐蔽安全的地方。所谓的私奔事件被人遗忘后,他会找出这些财产,借口说那罪恶深重的一对突然良心发现,把赃物寄回来了,或者说他们把赃物掉在地上了。"

"看来你确实解答了所有的疑问,"警官说,"他来找我们是可以理解的,但我不明白他为什么要去找你?"

"纯粹是自作聪明!"福尔摩斯答道,"他自视异常聪明,极端自信,任何人对他都没办法。他可以对任何怀疑他的邻居说:'你们看,我不仅找了警察,甚至还向福尔摩斯请教了呢。'"警官又笑了。

"我们能原谅你的'甚至'二字,福尔摩斯先生,"他说,"这是我所知道的最奇异的一个案子。"两天之后我的朋友递给我一份双周刊杂志《北萨里观察家》,在一连串以"凶宅"开头,以"警察局出色的调查"结尾的大标题下,此案的经过报道整整用了一栏版面。文章结尾的一段极具代表性,它是这样写的:

麦金农警官以非凡敏锐的观察力从油漆的气味推断出可能蓄意掩盖的另一种气味，譬如煤气；并大胆地推论出保险库即为行凶处；随后在一口以狗窝为巧妙伪装的井中发现了尸体。这一切将作为警探卓越才智的典范载入犯罪学历史。

"好，好，麦金农确实是优秀的，"福尔摩斯宽容地笑着说，"华生，把它也写进咱们自己的档案吧。将来人们总会了解真相的。"